모스 부호가
깜빡이던 밤

모스 부호가
깜빡이던 밤

이와 조지프코비치 글 | 장혜진 옮김

봄의정원

차례

십 대 시절에 제2차세계대전을 경험한

나의 할머니를 위해

새 학기

캡틴 이글하트는 할 수 있는 모든 조치를 다했다. 그러나 탑승한 모두의 귀에는 엔진이 덜덜거리는 소리가 들렸다. 끼익 귀를 찢을 듯한 굉음이 공기를 갈랐다. 승무원 몇몇이 추락을 기다리며 비명을 지르기 시작했다. 하지만 걸 38은 성공하리란 걸 알고 있었다. 걸 38은 다른 여자아이들과는 달랐다. 고도로 숙련된 우주 비행사였다. 냉철한 머리와 고귀하고 용감한 마음을 갖춘.

"캣, 뭐 해? 또 그 말도 안 되는 만화 그려? 야, 담임 왔어. 뭔가 새로운 소식이 있는 것 같아. 복도에서 시모어 선생님이랑 얘기하는 거 들었어."

젬이 목소리를 낮추며 말했다.

나는 우주선에서 폭발하는 사납고 맹렬한 불꽃에 마무리 손질을 한 다음, 고개를 들고 교실로 걸어 들어오는 김 선생님을 보았다. 순간 얼굴이 훅 달아올랐다. 선생님의 키가 얼마나 큰지 잊고 있었다. 마치 셀럽 농구 선수 같았다. 선생님은 방학 동안 머리를 자르고 안경을 바꿨다.

나는 나의 캡틴 이글하트 그림을 힐끗 보고는 너무 앞서 완성한 걸 후회했다. 캡틴 이글하트는 선생님을 모델로 했는데 지금 보니 새로운 모습이 캐릭터와 훨씬 잘 어울렸다. 하지만 이 상태가 최선일지도 모른다. 너무 닮으면 젬이 눈치챌 게 뻔하고 그러면 난 죽을 때까지 그 얘길 들어야 할 테니까.

"다들 잘 지냈어?"

선생님이 과장되게 손을 흔들며 인사했다. 젬의 한숨 소리가 들렸다. 나와는 달리 젬은 선생님을 별로 안 좋아한다. 하긴 아룬을 제외하면 누군들 젬의 마음에 들까.

"새 학기 시작이다. 모두 환영한다. 6주 동안 다들 잘 지냈길 바라고, 할 말들이 많겠지만 가능하면 점심시간까지 미뤄 두도록. 지금은 출석 체크를 해야 하고 그다음엔 중대 발표가 있으니까."

젬의 정신은 다른 곳에 가 있었다. 교실 저편의 무언가, 보다 정확히는 누군가에게 눈길을 빼앗기고 있었다. 검고 긴 머리를 내게 향한 채 젬이 소곤댔다.

"이번 학기엔 사귈 거야."

순간 나는 김 선생님 얘긴 줄 알고 얘가 제정신인가 했는데, 젬의 눈길은 아룬을 향하고 있었다. 아룬은 책상 밑 휴대전화를 들여다보느라 정신이 없었다.

"뭐? 진짜야?"

"어. 별점이 그렇게 나왔어. 9월이나 늦어도 10월."

"그렇구나."

달리 할 말이 없었다. 그때 선생님이 말했다.

"젬, 안 듣고 뭐 하지? 들었으면 재미있어했을 텐데. 하던 얘기로 다시 돌아가면, 줄리어스는 내일부터 학교에 나온다. 안타깝지만 아직 이사 중이라 오늘은 못 왔어. 줄리어스가 학교생활을 시작하면 모두 따뜻하게 맞아 주도록. 줄리어스는 실력 있는 수영 선수고 아주 멋진 곳에서 왔으니까 들려 줄 얘기가 많을 거다. 그럼 다음 얘기로 넘어가서, 새 시간표가 나왔다."

젬의 볼 위쪽으로 빨간 반점이 나타났다. 젬에겐 툭하면 그 반점이 돋아났다. 내가 처음으로 반점을 알아본 건 유치원 때였다. 반의 일을 가장 열심히 도운 아이에게 주는 상이 있었다. 상은 몰리라는 아이에게 돌아갔다. 젬이 울거나 한 건 아니었다. 그저 볼에 빨간 반점이 돋아나더니 두 주먹을 옆구리에 붙인 채 꽉 쥐었을 뿐이다. 그 모습을 본 나는 속이 단단하게 뭉치는 걸 느꼈다. 지금 젬은 줄리어스가 자기보다 수영을, 어쩌면 다른 것도 더 잘할지 모른다는 생각에 지레 신경이 곤두서는 듯했다. 물론 그럴 리는 없었다. 젬은 수영 챔피언에다 거의 뭐든지 우리 반의 일 등이었다. 그런데도 자신에게 위협이 될 만한 누구도, 그 무엇도 질색했다.

나는 세 살 때부터 젬을 알았다. 정말 엄청나게 긴 시간이다. 9년이 넘었으니까. 우리는 유치원 첫날 문 앞에서 만났다. 젬은 나보다 키가 작았고, 크고 북슬북슬한 하얀색 원피스를 입고 있어서 얼핏 눈사람 같았다.

"나랑 친구 할래?"

젬이 물었다.

나는 고개를 끄덕였다. 그렇게 간단했다. 난 운이 좋다고 생각했다. 늘 많은 아이들이 젬과 친구가 되길 원했지만 젬은 오직 나만을 선택했으니까. 그 후로 젬은 나를 챙겼다. 젬의 친구가 아니면 언제라도 적이 될 수 있는 아이로 분류됐다. 젬의 눈 밖에 나는 건 좋은 일이 아니었다.

초등학교 내내 우리 둘은 꼭 붙어 다녔다. 수업 시간마다 옆자리에 앉았고 어떤 활동이든 항상 짝이었으며 저녁 시간은 대부분 서로의 집을 오가며 함께 보냈다.

아빠는 내가 더 큰 무리와 섞였으면 하는 눈치였지만 난 그럴 필요 없다고 했다. 내겐 젬이 있었으니까.

그러다 6학년 말에 나를 공황 상태로 몰아넣는 일이 벌어졌다. 엄마와 아빠가 나를 동네 사립 여학교인 캐슬 스쿨에 보내기로 한 것이다. 우리 집과 같은 길에 사는 메이시와 애비게일 자매가 그 학교에 다녔다. 둘은 긴 주름치마 교복을 입고 상류층 말투를 썼다. 당연히 난 젬이 안 가면 갈 이유가 없었다. 그리고 젬의 엄마는 아이가 넷이나 더 있는 상황이어서 학비를 감당할 여력이 없었다. 젬만 사립 학교에 보내면 불공평하니까.

엄마가 설명회 참석조차 안 할 거란 걸 알게 된 젬이 내게 소리쳤다.

"난 상관없다니까! 어차피 갈 생각도 없어. 넌 캐슬에 가서 교양이나 떠셔. 난 여기 현실 세계에 남아 있을 테니까. 너 원래 안하무인이잖아! 항상 너밖에 모르지."

맞는 말은 하나도 없었다. 특히 마지막 문장은 더더구나 말도 안 됐다. 내 머릿속엔 항상 젬 생각뿐이었다. 나는 울고 또 울었다. 젬을 잃을까 봐 두려웠다. 나는 엄마와 아빠에게 '그 한심한 캐슬'에 보내지 말라고 사정했다. 그리고 몸이 아픈 지경까지 이르렀다. 결국 놀랍게도 부모님은 포기했고, 나는 젬 그리고 초등학교 같은 반 아이들 대부분과 함께 말리 중학교에 입학했다.

당연히 난 나와 젬이 언제까지나 그대로 일 거라 생각했다. 하지만 아니었다. 젬은 더 큰 무리가 필요하다고 판단했다. 먼저 젬은 루비와 친해졌다. 연갈색 피부에 머리를 수백

가닥으로 가느다랗게 땋은 키가 크고 마른 아이였다. 루비는 젬에게 딜리를 소개했다. 딜리는 빨간 머리에 얼굴이 둥글고 무슨 일이든 극성을 떨었다. 그렇게 우리 둘은 넷이 되었고, 그 후로는 상황이 예전 같지 않았다.

여전히 난 젬 옆자리에 앉지만 우리 둘만 하는 일은 이제 없었다. 언제나 루비와 딜리가 함께였다. 그 애들이 싫은 건 아니다. 하지만 걔들이 하는 일이란 대부분 젬을 감동시키거나 웃기려는 것뿐이었다. 하긴 나 역시 그런 것도 같지만. 루비와 딜리는 그 일에 실패하면 하루 종일 풀이 죽어 있었다.

오늘 점심시간에 젬은 우리 셋을 주위에 모아 놓고 무심한 듯 물었다.

"그 줄리어스란 애 말이야, 어떨 거 같아?"

"들어 보니까 딱 빌크야."

루비와 딜리는 '뭔 소리야?' 하는 얼굴이었지만 젬은 알아들었다. 그건 우리만의 비밀 농담이었다. 빌크족은 걸 38에 등장하는 적인데, 걸 38을 보여 준 건 젬뿐이었다. 그런데 젬은 예상과 다르게 웃지 않았다.

"괜찮은 애일지도 모르지."

젬이 짐짓 쿨한 척하더니 말을 이었다.

"누가 또 알아? 짜릿한 사건을 몰고 올지. 우리 반 요즘 너무 따분하잖아."

젬의 푸념에 순간 나 들으라고 하는 말인가 싶었다. 배 속으로 찌릿찌릿한 느낌이 흘렀다. 나는 이 전학생이 모든 걸 바꿔 놓을지 모른다는 기묘한 예감이 들었다.

아니아 할머니

이상한 일이었다. 집으로 오는 길에 나는 줄리어스에 대해 생각하고 있었다. 내 머릿속의 줄리어스는 키가 크고 근육이 울퉁불퉁하며 위협적이었다. 빌크족의 왕처럼 막강한 실력자의 모습. 그런데 못지않게 이상한 일은 마음 한구석에서 은밀하게 줄리어스가 젬과 맞짱을 떴으면 하는 바람이 이는 것이었다. 지금껏 우리 반 누구도 감히 그러지 못했지만. 단짝이긴 하지만 젬은 너무 멋대로 친구들을 쥐고 흔들었다.

"잘 다녀왔어요? 저녁으로 채소 캐서롤(오븐에 천천히 익혀서 만드는 찜 요리 - 옮긴이) 아니면 햄버거와 감자튀김 중에서 무엇을 드시겠습니까?"

내가 들어오는 소리를 듣고 리나 언니가 부엌에서 소리쳤다. 늘 지나치게 정중한 말투에 웃음이 났다. 언니가 불쑥 복도로 튀어나왔다. 머리카락은 젖어 있고 볼은 발갛게 상기돼 있었다. 언니는 어깨와 귀 사이에 전화기를 낀 상태였다.

"쉿……. 잠깐만, 자기야."

언니가 전화기에 대고 속삭였다.

도대체 뭣 때문에 저렇게 비밀스럽게 구는지 알다가도 모를 일이었다. 언니가 우리 집에 오고 이삼일 뒤 나는 언니의 남자 친구에 대해 알았다. 그리고 곧 내가 학교에 가고 엄마와 아빠가 출근한 사이 남자 친구가 우리 집에 온다는 것도 알았다. 처음 남자 친구의 존재를 안 것은 복도에서 아빠 것은 아닌 게 분명한 운동화를 봤을 때였다. 그리고 일주일쯤 지났을까. 웬 남자가 마당에서 담배 피우고 있는 걸 봤다. 난 둘이 어학원에서 만났나 보다 생각했다.

리나 언니는 내 이름도 기억했다 말았다 하고, 음식 솜씨도 대체로 엉망이었지만 지금까지의 다른 오페어(외국 가정에서 아이를 돌보는 대가로 급여와 숙식을 제공받으며 자유 시간에 언어와 문화를 배우는 사람 - 옮긴이)들보다는 확실히 재미있는 구석이 있었다.

"햄버거 부탁합니다."

애초에 채소 캐서롤을 만들 생각이 있기는 했을까 싶지만 리나 언니는 건강한 선택 사항도 있는 척해야 한다고 여겼다.

"20분만 주세요."

언니가 앞치마를 탁탁 털어 내며 대꾸했다. 앞치마는 체스터의 털로 덮여 있었다. 리나 언니와 체스터는 애증의 관계였다. 체스터는 (밥을 주기 때문에) 리나 언니를 사모했고, 리나 언니는 (기다랗고 붉은 고양이 털을 언니의 명품 스키니 진을 비롯한 집 안 곳곳에 묻히기 때문에) 체스터를 치 떨리게 증오했다.

체스터가 마당 끝에서 볕을 쬐고 있어서 나도 그 곁으로 나갔다. 엄마와 아빠가 아주 오랜 시간 일할 때의 장점 중 하나는 이게 아닐까 싶다. 넓은 집과 마당을 맘껏 누릴 수 있다는 것. 마당에는 나만의 구석 자리도 있다. 거기서 걸 38을 작업하는 걸 좋아한다.

나는 늘 앉는 자리에 앉아 연습장을 꺼냈다. 체스터가 옆에서 기지개를 켜더니 만화를 그리는 내 무릎 위에 자리를 잡았다.

걸 38은 서열 2위인 비행사 호크아이와 함께 우주선 인피니십의 잔해 밖으로 나왔다. 호크아이는 키가 크고 무시무시했다. 칠흑같이 까만 머리카락은 아름다웠고 앞머리는 일자로 반듯하게 잘랐다. 호크아이는 새로운 행성에서의 첫 번째 임무를 함께할 대원으로 신중히 걸 38을 선택했다. 새 행성의 이름은 유토피아(Utopia)의 첫 글자를 따서 'U'라고 지었다. 이들은 행성 U가 행복한 보금자리가 되어 주리라 희망에 부풀었지만 지형을 확인해야 했다. 걸 38은 두려움이 없었다.

자신의 역할을 잘 알고 있었다.

다행히 모두 가벼운 상처만 입은 채 추락에서 살아남았지만 인피니십은 만신창이가 되었다. 승무원들은 인피니십을 손보는 일에 온 힘을 쏟았다. 하지만 식량이 곧 바닥을 드러냈기 때문에 먹을 것을 찾아 나서야 했다. 호크아이는 자신들 앞에 놓인 위험을 파악하고 포식자, 특히 빌크족을 맞닥뜨릴 경우 걸 38을 방패 삼을 계획이었다. 빌크족은 늑대의 머리를 한 인간이었다. 두 눈은 샛노랗게 번뜩이고 기다란 주둥이에는 거대한 송곳니가 솟아 있었다.

　빌크의 윤곽을 막 그리려는데 어어, 하는 소리가 들렸다. 소리는 내 뒤쪽의 담장이 내려앉은 덤불 사이에서 났다. 나는 앉은 채로 몸을 돌렸다. 수풀이 빽빽하게 우거진 얀코프스키 정글 구석에서 털에 덮인 퍼런 흙더미가 뒤뚱거리는 게 보였다.

　공포 한 조각이 목덜미를 타고 스멀스멀 기어 내려왔다. 별로 인정하고 싶진 않지만 나는 늘 옆집 얀코프스키 부인을 얼마간 경계해 왔다. 미스터리에 꼭꼭 싸인 인물이란 게 큰 이유였다. 부인은 지난여름 우리가 이 집으로 이사 오기 전부터 몇 년째 34번지에서 살고 있었다. 아빠 말로는 이야기를 나누었을 때 무척 친절했다고 하는데 난 뭐가 그렇게 바빴는지 얀코프스키 부인까지 신경 쓸 여력이 없었다. 게다가 얀코프스키 부인이 완전히 실성했다는 증거가 수두룩하다는 젬의 말도 한몫했다. 젬은 "저것 좀 봐. 잡초가 무성한 게 으스스하잖아. 집 안이 어떤 꼴인지, 무슨 일이 벌어지고 있는지 알 게 뭐야?"라고 했다.

맞는 말이었다. 얀코프스키 부인의 집은 앞마당, 뒷마당 할 것 없이 풀이 어마어마하게 마구 자라 있었다. 뒷마당은 상태가 특히 심해서 나는 '정글'이라고 불렀다. 장미 덩굴은 걷잡을 수 없이 뻗어 나가 뾰족뾰족한 가시가 돋은 가느다란 가지가 마디투성이 손가락처럼 공기를 할퀴었다. 잔디는 몇 년은 안 깎았는지 여기저기 무릎 높이까지 자라 있었다. 온 마당이 수백 배로 불어난 민들레 갓털로 뒤덮여 있었는데 보송보송한 씨앗이 작고 하얀 낙하산처럼 바람에 떠다녔다. 앞마당 담과 가장 가까운 쪽에는 쐐기풀이 촘촘히 밭을 이루어서 실수로 넘어지기라도 하면 머리부터 발끝까지 쐐기풀 두드러기로 뒤덮일 것 같았다.

덤불 위로는 누구도 나서서 가지를 친 적 없는 떡갈나무 두 그루가 그늘을 드리웠다. 그중 한 그루에는 가지 위에 빨간 새집이 고정돼 있었는데, 그마저도 비둘기와 참새가 자주 내려앉아서 알아본 것이었다. 새들이 저녁 식사를 앞에 두고 하도 요란하게 지저귀는 바람에 체스터가 창틀 지정석에 앉아 있다가 짜증을 내며 털을 곤두세우곤 했다.

"거기 누구 있어요?"

내가 물었다.

대답이 들렸다. 나는 걸 38 모드로 돌입해 어떻게 할 건지 생각할 겨를도 없이 무너진 담장을 뛰어넘어 순식간에 얀코프스키 부인 곁으로 갔다. 그리고 이내 뒤뚱거리던 물체의 정체가 남색 양털 담요라는 것을 깨닫고는 부인의 머리에서 휙 걷어 낸 뒤 일으켜 앉혔다.

"얀코프스키 부인, 괜찮으세요?"

부인은 바닥에 주저앉아 몸을 떨었다. 다친 건 아닌지 걱정스러웠다. 그런데 그때 킥킥 소리가 나더니 부인이 몸을 들썩이며 웃어 댔고 나는 이유도 모르고 따라 웃기 시작했다.

내가 얀코프스키 부인을 부축해 일으켜 세우자 부인이 눈가에 주름을 만들며 나를 보았다. 온통 주름이 자글자글하고 손은 조그마한 새 같았다. 머리는 다른 할머니들처럼 짧지 않은 길고 숱 많은 은발이었는데 정성껏 틀어 올려 핀으로 고정되어 있었다. 부인이 휘청휘청 일어서자 옷 역시 보통 할머니들 옷이 아니란 걸 알 수 있었다. 하얀 셔츠를 아름다운 공작새가 그려진 진청색 치마 안으로 넣어 입고 있었는데, 공작새 깃털을 수놓은 알록달록한 실들이 햇빛을 받아 빛났다.

"바보 같기는. 이런 얼토당토않은 치마를 입으면 어쩌자는 건지. 길이도 너무 길고 말이야. 가끔씩 난 내가 아직 젊고 예쁘고 키도 큰 줄 안다니까. 현실은 쪼글쪼글 쪼그라든 건 포도인데 말이다."

얀코프스키 부인의 억양은 들어 본 적이 없었다. 하긴 서로 '안녕' 이상의 말은 나눠 본 일이 없었으니까. 지금 들어 보니 부인의 말투는 부드럽고 조금은 속삭이는 듯했다. 그리고 '아'와 '오' 발음이 나보다 약간 길었다.

"쪼글쪼글한 건포도 아니에요."

나는 보통 잘 모르는 사람과는 말을 잘 안 하는데 얀코프스키 부인에게는 한순간 친구와 얘기하는 것 같은 기분이 드는 무언가가 있었다.

"하하, 음, 쪼글쪼글한 건포도가 아니면 어리석은 마녀가 분명하겠구나. 우리 폴란드에서는 그렇게 얘기하거든. 세상에, 내가 여기서 피크닉을 할 수 있을 줄 알았지 뭐니? 창밖으로 햇살을 바라보는데 순간 나가고 싶다는 생각밖에는 안들더구나. 그래서 생각했지. '아니아, 담요와 음식을 들고 나가서 저녁 일광욕을 하면 어때?' 사방이 잡초투성이라 앉을 만한 평평한 자리도 없고, 앉는다고 해도 다시 일어나지도 못한다는 걸 까맣게 잊었지 뭐냐. 그런데 최악이 뭔지 아니? 목적지에 도착하기도 전에 발을 헛디뎠단다."

"괜찮으시면 제가 도와드릴게요."

난 무슨 생각으로 그런 말을 했을까? 또 걸 38에 빙의했나? 내가 옆집 마녀와 이야기한 걸 알면 젬은 뭐라고 할까. 마녀와는 아무 상관 없는 걸로 밝혀졌지만.

"이미 도와줬잖니. 고맙다, 아가."

얀코프스키 부인이 싱긋 웃으며 말했다.

"아니, 그게 아니라 잡초 정리해 드린다고요. 저희 집에 좋은 잔디깎이가 있거든요. 제가 잔디 깎아 드릴게요."

"친절하기도 하지. 그런데 그런 거 말고도 저녁때 재미난 일이 수두룩할 텐데."

"하고 싶어서 그래요."

나는 담요를 주워서 갰다. 그러고는 부인에게 팔을 내밀어 잡게 한 다음 집 안으로 이끌었다. 얀코프스키 부인은 깃털처럼 가벼워서 세찬 돌풍 한 번이면 바로 날아갈 것 같았다. 도대체 어떻게 돌아다니는지 의문이었다.

"감사의 뜻으로 차 한잔 줄까? 차 마시니? 폴란드에서는 차에 레몬하고 꿀이나 설탕을 작게 한 숟가락 넣어 마신단다. 아니면 냉장고에 레모네이드 있나 볼까? 요즘 애들은 뭘 마시나 모르겠구나."

"폴란드 차 마실래요."

이유는 모르겠지만 부인은 곧 쓰러질 것 같은 모습이었다. 그리고 내가 같이 있었으면 하는 게 느껴졌다.

우리는 선룸(일광욕을 하기 위해 유리로 만든 방 - 옮긴이)으로 들어갔다. 선룸은 뒷마당을 향해 있었고 정글에 비하면 아름다웠다. 선룸에는 소용돌이무늬의 우아한 안락의자 두 개가 놓여 있었다. 의자 사이에는 조그만 탁자가 있었는데 윗면에 체스보드가 그려져 있었다. 부인은 내게 앉으라는 손짓을 했다. 주변에 티브이는 보이지 않았다. 대신 선룸 한구석에 천으로 덮어 놓은 이젤이 눈에 들어왔다.

얀코프스키 부인은 짝이 안 맞는 머그잔에 차를 내왔다. 하나는 빨간 개구리가 그려진 이 나간 컵이고, 하나는 화려한 금색 손잡이가 달린 작은 화병 모양 컵이었다. 내게 금색 손잡이 컵을 건네고 부인이 개구리 컵을 들어서 정말 기뻤다. 부인은 연신 손을 바들바들 떨었고 탁자에 컵을 내려놓을 땐 집중하는 표정이었다.

"그림 그리세요?"

"아, 아니야. 흠, 몇 년 전엔 그렸는데 요즘은 아니란다."

부인은 말할 거리도 아니라는 듯 잘라 말했다.

"봐도 돼요?"

난 그림을 무지무지 좋아한다. 만화밖에는 잘 못 그리지만 그래도 그림 보는 걸 좋아한다. 폭풍우 몰아치는 풍경도, 살면서 절대 만날 일 없는 낯선 사람의 초상화도 다 좋다. 그림을 보면 그린 사람에 대해 정말 많은 걸 알 수 있다고 늘 생각했다.

얀코프스키 부인이 머뭇거렸다. 그러더니 천을 걷어 보라는 뜻으로 고개를 까딱했다.

부인의 마음이 바뀌기 전에 발딱 일어나 천을 들추자 아름다운 소녀의 연필 스케치가 드러났다. 소녀는 내 또래이거나 몇 살 많아 보였다. 머리는 하나로 굵게 땋아 목 옆으로 늘어뜨렸고 긴 속눈썹은 눈가에서 치켜 올라갔다. 소녀는 나를 정면으로 바라보는 듯했는데 느낌이 따뜻했다. 눈동자는 찬란한 파란색으로 칠했지만 나머지는 그리다가 내버려 둔 듯 미완성이었다.

"멋져요, 얀코프스키 부인."

진심이었다.

"아는 사람이에요?"

"'아니아'라고 부르렴. 내가 늙긴 했어도 그렇게 늙은 건 아니란다. 그리고 그림 속 소녀는 '밀라'란다. 열세 살부터 친구였지. 수많은 모험을 함께했고."

아니아 할머니는 여전히 미소 짓고 있었지만 웃음이 눈까지 번지지는 않았다. 그리고 너무 오래 보고 싶진 않다는 듯 천으로 그림을 도로 덮었다.

"정말요? 무슨 모험인데요?"

밀라도 할머니에게 젬이 내게 시키는 그런 일들을 하게 했던 걸까.

"아, 한때 밀라를 찾아서 온 나라를 가로지른 적이 있었지."

아니아 할머니는 목소리를 낮추더니 소곤거렸다.

"밀라를 찾으려고 달리는 기차에서 뛰어내리기도 했단다."

나는 농담인가 싶어서 할머니를 바라보았지만 할머니는 사뭇 진지한 얼굴이었다.

"기차에서 뛰어내려요? 어떤 기차요?"

난 데번으로 피트 삼촌을 만나러 갈 때 탔던 기차가 떠올랐다. 하지만 아니아 할머니가 말하는 기차는 분명 다른 종류일 거다. 달리는 기차에서 뛰어내릴 순 없다. 그건 미친 짓이니까.

"얘기가 길단다, 캣. 길고도 변화무쌍한 얘기지. 거기까지 들을 시간은 없지 않니? 뭔가 중요한 일을 하던 중인 것 같은데. 내가 넘어져서 방해하기 전에 말이다."

"그림 그리고 있었어요."

내 이름을 기억하다니 놀라웠다. 아빠가 우리 가족을 모두 소개한 것은 몇 달 전 일이었다.

"좀 봐도 될까?"

"어, 별거 아닌데. 그냥 끄적거리는 거예요. 그림이라고 하기도 뭐한데."

말은 그렇게 하면서도 나는 우리 집 마당으로 가서 연습장을 가져왔다.

젬도 여기까지는 보지 못했다. 최근엔 젬에게 그림 보여 주는 걸 거의 포기했다. 통째로 보여 준 것은 아니아 할머니가 처음이었다. 마치 할머니라면 당연히 내 그림을 이해해 줄 것만 같아서.

"재능 있는데. 걸 38? 용감하게 두려움을 극복하려고 애쓰는 모습이구나. 너도 이거다 싶은 일이 생기면 대담하게 변하지 않니? 완성된 다음에 마저 읽으면 정말 재미있겠네. 물론 네가 허락해 준다면."

나는 잠시 생각했다.

"걸 38 완성본 보여 드릴게요. 할머니랑 밀라의 모험 얘기해 주시면요."

아니아 할머니가 눈을 가늘게 뜨고 내 제안에 대해 생각했다.

"괜찮은 거래인 것 같구나. 그런데 재미가 있을지는 모르겠다. 넌 현재와 미래를 살고 있는데……"

할머니가 내 연습장을 톡톡 두드리며 말을 이었다.

"내 이야기는 과거에 존재하거든."

"저 과거 이야기 좋아해요."

내가 진심으로 대꾸하자 할머니가 놀란 듯 회색 눈썹을 치켜올렸다.

"그럼 첫 번째 이야기는 언제가 좋을까? 한꺼번에 다 못하는 얘기란다."

"내일이요. 여기서 같은 시간에 어때요? 아니면 30분 뒤?"

리나 언니는 내가 있는지 없는지도 모를 게 뻔했다.

"이건 '데이트'구나."

아니아 할머니의 얼굴이 다시 한 번 행복한 미소로 주름졌다.

줄리어스

줄리어스는 내가 머릿속에 그린 이미지와는 달라도 너무 달랐다. 순간 빌크라고 멋대로 생각한 게 미안해졌다.

다음 날 아침 교실 앞에 줄리어스가 등장했을 때 난 사진을 못 찍는 것이 안타까울 따름이었다. 나중에 그림 그릴 때 참고하고 싶었다. 줄리어스는 희도록 밝은 금발에 다리가 말도 안 되게 길었다. 서 있는 모습이 꼭 허공을 향해 점프 자세를 취한 것 같았다.

희한하게도 줄리어스는 모르는 아이들이 가득한 교실 앞에 서 있는 게 아무렇지도 않은 듯했다.

"안녕하세요. 저는 줄리어스입니다."

담담하게 말하며 모두를 향해 싱긋 웃을 뿐이었다.

그때 불쑥 담임 선생님이 이야기를 시작했다.

"환영한다, 줄리어스. 애들아, 여기는, 음…… 여기는 줄리어스고, 셰틀랜드에서 왔단다. 셰틀랜드가 어디 있는지 아는 사람?"

줄리어스는 질문이 마음에 들었는지 왼쪽 눈썹을 치켜올리며 주위를 둘러보았다. 줄리어스는 이것저것 다 재밌어하는 표정이었다.

"스코틀랜드에 있는 섬이요."

젬이 손도 안 들고 알림장에서 눈도 떼지 않은 채 지루한 목소리로 대꾸했다. 까만 앞머리에 눈이 가려서 표정을 읽기 어려웠다. 속으로는 궁금해 죽겠으면서도 아닌 척하는 것 같았다.

"그래, 잘했어, 젬. 환영한……."

선생님이 말하는데 줄리어스가 끼어들었다.

"어, 거의 비슷한데 딱 맞진 않아. 셰틀랜드는 제도야. 쪼그만 섬들이 모여 있는 거지. 나는 그중에서 옐이라는 섬에서 왔어. 마지막으로 집계했을 때, 주민이 971명밖에 안 됐고 우리 학교는 학생이 31명이었어. 그런데 해달은 엄청 많아. 옐에는 해달이 사람보다 열 배는 많을걸. 웃기지?"

줄리어스는 옆에 앉아 어떻게 살았는지 수다라도 떨고 싶은 듯 친근하게 말했지만 젬이 성난 고슴도치처럼 잔뜩 곤두서는 게 느껴졌다. 젬은 머리카락 한 움큼을 쥐더니 손가락에 걸고 맹렬히 꼬기 시작했다. 줄리어스는 본인은 모르겠지만 방금 최악의 일을 저질렀다. 반 아이들 앞에서 젬을 바보로 만든 거다.

"아, 그래, 그렇구나. 옐. 들을 얘기가 많겠네. 그건 다음 학급 시간에 얘기하기로 하고 일단 여기 앉을까?"

선생님이 앞줄의 아룬 옆자리를 가리키자 아룬이 선생님을 향해 엄지손가락을 척 들어 올렸다. 아룬은 친구가 엄청 많으면서도 자기만의 공간을 좋아했다. 그래서 어디서든 가능하면 옆자리는 비워 두려고 했다. 갑자기 들이닥친 줄리어스를 거슬려 하진 않을까 했는데 아룬은 활짝 웃더니 책을 치우며 새로운 짝을 위해 자리를 만들었다.

비록 줄리어스의 등장은 삐걱거렸지만 시간이 가면 상황이 나아질 거라 생각했다. 하지만 줄리어스의 문제는 위험을 감지하는 능력이 눈곱만큼도 없다는 것이었다. 감지는커녕 구태여 위험천만한 상황을 향해 직진하는 듯했다. 며칠은 자중했어야 했다. 적어도 우리 반 요주의 인물이 누구인지 파악할 때까지만이라도. 줄리어스가 걸 38을 읽었다면 얼마나 좋을까. 그럼 젬이 호크아이란 걸 알아차렸을 텐데. 머리 주변에 느낌표들을 장착하고 멈춤 표지판을 둥둥 띄운 채 자신을 거스르려는 자는 누구라도 처치해 버리는 호크아이. 그러나 줄리어스는 걸 38을 읽지 않았고 호크아이가 어디까지 사악해질 수 있는지 현실적으로 알 길이 없어 보였다.

1교시는 하키였다. 줄리어스의 체육복은 우리 것과는 사뭇 달랐다. 옛날 영화에나 나올 법한 농구화 스타일의 하이톱을 신고, 학교 로고가 그려진 빨간 운동복 대신 구불구불한 글씨로 '앵거스네 바다 식당'이라고 쓰여 있는 짙은 빨간색 헐렁한 티셔츠를 입고 있었다. 부모님이 아직 학교 체육복을 못 산 모양이었다. 또 안 그래도 짧은 바지를 어찌나 올려 입었는지 정강이가 훤히 드러났다. 줄리어스는 빅토리아 시대의 신사처럼 하키 스틱을 뱅뱅 돌리며 행진하듯 코트를 누볐다.

그 모습이 하도 우스꽝스러워서 딜리와 루비와 나는 빵 터져 버렸다. 젬이 우리를 확 노려봤다. 젬은 최근 있었던 수영 테스트에 대해 한창 얘기 중이었는데 우리는 전혀 집중하질 않았다. 어느새 줄리어스는 젬에게서 우리의 관심을 빼앗아 가고 있었다.

터닝 포인트라 할 만한 일은 그다음 생물 시간에 벌어졌다. 생물은 젬이 가장 잘하는 과목이었고, 젬은 우리 반 넘사벽 일 등이었다. 우리는 신체의 주요 기관에 대해 배우는 중이었는데 프로젝트 숙제가 있었다. 신체 기관 하나를 선택해서 집에 있는 물건들로 만든 다음, 다양한 부분을 표시해서 완성하는 것이었다. 나는 파란색 점토 접착제로 심장을 만든 다음 털 철사로 서로 다른 동맥들을 나타냈다. 최선이라곤

할 수 없었지만 걸 38에 정신이 팔렸던 터라 그 이상은 시간
상 무리였다. 딜리는 젤리로 위장을 만들었고, 루비는 강낭
콩에 은색 펜으로 정맥을 그려 넣은 콩팥 미니어처를 가져왔
다. 실제 새로 만든 건 아무것도 없으니까 반칙이라는 생각
이 들었지만 루비는 하나하나 정밀하게 그리느라 돋보기까
지 사용해야 했다고 주절주절 떠들어 댔다.

　젬은 그 누구도 범접할 수 없는 경지에 이르렀다. 앞치마
두 장을 겹쳐서 사람의 몸통을 완성했다. 위쪽 앞치마는 반
으로 길게 잘라 피부층을 만들었는데, 층을 젖히면 그 아래
에 주요 장기가 모두 나타났다. 빨간색 포일 병뚜껑을 세심
하게 잘라서 심장을 만들고, 분홍색 풍선으로는 허파를, 스
프레이 페인트를 뿌린 탈지면으론 위장을 만들었다. 낡은 자
전거 타이어로 만든 작은창자와 큰창자까지 있었다.

　"대단하다, 젬. 이런 수준의 디테일은 처음 보네. 만드느라
한참 걸렸겠는데."

　헨리 선생님이 말하자 아이들이 주변으로 모였다.

　"뭐, 재미있었어요. 제대로 알고 하면 시간 하나도 안 걸려
요."

　젬이 어깨를 으쓱했다.

　"엄청나다."

　줄리어스가 모형 쪽으로 젬이 거슬려 할 만큼 가까이 몸을

기울이며 말을 이었다.

"그런데 허파에 진짜로 바람 불어 넣을 수 있어?"

"뭔 소리야? 풍선이잖아. 이미 크기 맞춰서 부풀려 놨는데."

"아, 안타깝다. 더 크게 부풀릴 수가 없네."

줄리어스는 진심으로 안타까운 말투였다.

"방학 때면 나랑 형이랑 삼촌 농장에서 일을 거들었거든. 고기를 먹으려고 삼촌이 양을 잡으면 내장을 제거하느라 허파를 수도 없이 봤어. 근데 한번은 삼촌이 허파 한쪽에 바람을 불어 넣게 해 줘서 공기가 여러 판막들을 어떻게 들어갔다 나오는지 지켜봤어."

"으, 들어 본 얘기 중에 최고로 역겨운 얘기야."

젬이 말했다. 맞는 말이었다. 진짜 역겨웠다. 그런데 동시에 귀가 쫑긋해졌다. 주위를 돌아보니 모두 줄리어스를 빤히 보고 있었다. 다들 나와 같은 생각인 모양이었다.

"진짜 허파에 대고 바람을 불었다고? 제정신이야?"

아룬이 물었다.

"응, 재밌어 보이더라고. 올라갔다 내려갔다 하는 게 양이 아직 살아 있는 것 같았어."

"어떻게 생겼어? 냄새도 나?"

누군가 물었다.

그러자 줄리어스 삼촌네 양 허파에 대해 질문이 쏟아졌고 누구도 젬의 모형에는 관심을 주지 않았다. 선생님이 한참을 얘기한 후에야 우리는 흥분을 가라앉히고 자리로 돌아갔다.

"잠시도 입을 다물질 않아."

젬이 내 귀에 대고 소곤거렸다. 극도의 분노가 느껴졌다.

수업이 끝나고 우리 넷은 모였고 나는 무슨 일이 벌어질지 이미 알고 있었다.

"대가를 치러야 해. 치르게 하고 말겠어."

젬이 말했다.

"어떻게 할 건데?"

나는 물으며 젬의 시선을 좇았다.

젬은 과학실 구석의 수조를 응시하고 있었다. 그 수조라면 내가 좀 알았다. 사흘 연속 지각한 벌로 점심시간에 청소를 도운 적이 한 번 있기 때문이다. 수조는 아마도 세상에서 가장 징그러울 생명체로 가득했다. 구더기였다. 서로 다른 조건에서의 종의 증식을 연구하는 11학년 프로젝트 가운데 하나였다. 수조는 네 칸으로 나뉘어 있었다. 온도를 뜨겁게 높여 놓은 칸, 칠흑처럼 어둡게 만들어 놓은 칸, 자외선을 쬐어 놓은 칸, 바닥에 물을 한 층 채워 놓은 칸.

"점심때 여기서 만나. 할 일이 있어."

젬이 우리에게 말했다.

*

그날 학교를 걸어 나오며 본 줄리어스의 표정이 아직도 생생했다. 마치 내 눈꺼풀 안쪽에 각인된 것 같았다. 가장 놀라웠던 점은 줄리어스가 그 일을 우연이라고 생각하는 것이었다. 순전히 우연에 의해 구더기들이 낡아 빠진 자기 가방 속으로 기어들어 가는 게 가능하다고. 줄리어스는 작은 섬마을에서 아주 다른 삶을 살아온 게 분명했다.

누군가 고의로 그런 짓을 했다는 생각이 들기까지 족히 몇 초는 걸렸다. 그날은 전학 온 첫날이었고, 누군가 작고 미끈등한 끔찍한 생명체를 자신의 책과 공책 사이에 넣을 만큼 이미 자신을 증오한다는 것을.

그 사실을 깨닫자 줄리어스는 다시 교실을 두리번거리다 나와 눈이 마주쳤다. 순간 나는 얼굴로 열이 확 치솟는 느낌이었고 (나는 뭔가를 숨기는 데는 꽝이다.) 확신할 수 있었다. 나의 짓이란 걸 줄리어스가 알았다. 어떻게 알았는지는 모르겠지만 줄리어스는 알았다.

내가 그런 거 아니야! 날 죄인 만들지 말라고! 줄리어스를 향해 소리치고 싶었다. 하지만 내가 한 일이었다. 죽기보다 싫었지만 젬은 제 손에 피를 묻히는 법이 없었다. 딜리와 루비가 수조의 캄캄한 칸에서 구더기를 모아 왔다. 그 칸에서 가져오면 구더기가 사라진 걸 알아채는 데 오래 걸릴 거라며 젬이 생각해 낸 것이었다. 속이 메스꺼렸다. 딜리와 루비는 종이로 구더기들을 퍼낸 다음 딜리의 도시락에 담아야 했다. 과학실에서 다른 마땅한 통을 못 찾았기 때문이다. 이 모든 것에도 불구하고 나는 젬이 내게 할당한 임무보다는 그편이 백만 배 나아 보였다. 내 임무는 줄리어스의 가방에 구더기를 털어 넣는 일이었다.

"네가 쟤들보다 잘할 거야. 넌 입이 무겁잖아. 일 맡기기에 훨씬 낫지. 너라면 믿음이 가."

젬이 내게 속닥거렸다.

젬이 그렇게 말하면 거절해선 안 된다는 걸 알고 있었다. 그래서 난 다른 아이들이 학생 식당에서 돌아오기 전에 통을 들고 줄리어스의 책상으로 살금살금 다가갔다. 통을 열고 딜리의 요구르트 숟가락으로 그것들을 떠서 줄리어스의 남색 가방에 넣었다. 일은 순식간에 끝났다. 하지만 그 후로 10분 동안 나는 한 마리가 탈출해서 내 팔을 스멀스멀 기어오르고 있다는 환상에 시달렸다.

우리는 아무 일 없다는 듯 자리에 앉아 줄리어스가 도시락을 넣으려고 가방을 여는 모습을 지켜보았다. 그리고 비명이 터지길 기다렸다. 곁눈으로 젬이 흡족하다는 듯 히죽거리는 게 보였다. 그런데 그때 우리 누구도 예상치 못한 일이 일어났다. 줄리어스는 책상 위의 철제 필통을 열더니 안에 든 연필과 펜들을 꺼냈다. 그러고는 맨손으로 구더기들을 모두 집어서 필통 안에 넣었다. 눈 깜짝할 사이에 처리해 버려서 두어 명밖에는 무슨 일인지 눈치채지 못했다. 가장 놀라운 점은 줄리어스가 단 한 번 움찔하지 않았다는 거였다.

"이거 어디서 왔는지 알아?"

아룬에게 묻는 줄리어스의 목소리가 들렸다. 아룬은 줄리어스의 필통을 역겨움과 호기심이 뒤섞인 얼굴로 들여다보고 있었다.

"음, 아마도 과학실에서 왔을 거야, 친구. 그런데 끔찍하다. 믿기지가 않네. 누군가 이런 짓을 했다는 게. 같이 갖다 놓으러 갈까?"

"고마워. 근데 괜찮아."

잠시 뒤 줄리어스는 필통을 들고 사라졌다. 그게 끝이었다. 호들갑도 드라마도 없었다. 마음 한편으로 환호성을 지르고 싶었다. 줄리어스는 야단법석도 떨지 않았고 젬이 이기게 두지도 않았다. 그런데 교실로 들어오는 줄리어스의 표정이 눈에 들어왔다. 마치 내면의 무언가가 변해 버린 듯, 누군가 줄리어스 눈 뒤의 불을 꺼 버린 듯했다. 바라보기가 참담했다.

데이트

집 앞에 도착해서도 그 얼굴이 머리에서 떠나질 않았다. 문득 엄마와 아빠가 퇴근할 때까지 혼자 방에 앉아 있는 건 못 할 것 같았다. 리나 언니가 창으로 나를 보기 전에 얼른 방향을 틀었다. 언니에게 이웃집에 간다고 문자 메시지를 보내고 아니아 할머니 집 현관으로 향했다.

그런데 마당을 반쯤 걸어가는데 마음이 엉거주춤 머뭇거렸다.

할머니가 내가 오는 걸 싫어하면 어떡하지? 어제는 하도 귀찮게 구니까 그냥 얘기 들려주겠다고 한 게 아닐까? 그런데 '데이트'를 잡아 놓고 안 가면 그것도 무례한 일 아닌가?

나는 일단 노크를 하기로 마음먹었지만 너무 오래 있진 않기로 했다.

문이 활짝 열리자 '할머니가 날 보고 싶어 할까?' 하는 의

구심은 깨끗이 사라졌다. 할머니는 미소를 지으며 들어오라고 손짓했다. 물감이 튄 것 같은 독특한 원피스 차림에 진주 목걸이를 하고 있었다. 손에는 지팡이를 쥐고 있었는데 손잡이가 알록달록한 앵무새 모양이었다.

"무릎이 쑤시는 날이면 날 도와주는 녀석이지."

아니아 할머니가 앵무새 쪽으로 손짓했다.

"요즘은 슬금슬금 그런 날이 많아지네."

그러더니 나를 올려다보며 걱정스러운 듯 미간을 찌푸렸다.

"제가 방해했어요? 쉬셔야 하는 거 아니에요? 다음에 다시 와도 돼요."

"아니야, 무슨 소리. 그냥 나 혼자 생각에 네 얼굴이 슬퍼 보이는 것 같아서. 내 생각이 맞니?"

할머니의 작은 손이 내 어깨를 감쌌다.

"어, 음, 네, 그런 것 같아요. 조금요. 그 얘긴 안 할래요."

나는 일부러 시선을 돌려 거실을 둘러보았다. 어제 선룸에 있을 땐 할머니의 집이 어떤 상태인지 몰랐는데 다른 곳들은 깜짝 놀랄 정도로 정리가 안 돼 있었다. 거실 구석구석엔 물건이 빼곡히 차 있었다. 벽이란 벽엔 곧 주저앉을 것 같은 커다란 책장들이 놓여 있었고 바깥쪽 복도도 마찬가지였다. 자세히 보니 책은 모두 알파벳 순서대로 정리돼 있었다. 혼돈

중에도 질서는 있었다.

드물게 책이 없는 몇몇 공간에는 흑백 사진이 놓여 있었는데 사진 속에서 어떤 이는 심각한 얼굴로, 어떤 이는 미소 지으며 나를 바라보았다. 거실 한쪽 끝에 놓인 진초록 벨벳 소파 위엔 코끼리, 개, 기린 따위의 동물 모양 쿠션들이 가득했다. 기린 쿠션 옆에는 낯익은 적갈색 털 뭉치가 웅크리고 있었다.

"폴란드 차 줄까?"

아니아 할머니가 빙긋 웃으며 묻더니 내 시선을 좇으며 말했다.

"아, 그래. 체스터 맞단다. 인식표에서 이름을 봤지. 인식표를 보기 전에는 우리 할아버지 이름을 따서 '앨버트'라고 불렀단다. 할아버지도 적갈색 머리에 성미가 괴팍하셨거든. 낮 동안 종종 우리 집에 오는데 네가 괜찮았으면 좋겠구나. 부엌 꼭대기 창문을 열어 놓은 적이 한 번 있었는데 녀석이 그리로 기어들어 왔어. 그러더니 나랑 같이 있는 게 좋았는지 가끔씩 오더구나. 보통은 네가 학교에서 돌아오기 전에 돌려보내고 있단다. 너랑 같이 있어야 하니까. 너무 오래 데리고 있진 않으마. 약속할게."

"괜찮아요."

난 별 상관 없었다. 하지만 귓가에 젬의 목소리가 들리는 듯했다.

'이젠 너희 고양이까지 훔치려는 거야.'

잠시 뒤 할머니는 김이 모락모락 나는 컵 두 개를 탁자에 올려놓더니 유화 물감 한 세트를 꺼내 색색의 물감을 들여다봤다. 물감을 다루는 할머니의 손가락은 전보다 떨림이 덜했다.

그때 막을 겨를도 없이 입에서 질문이 튀어나왔다.

"할머니는 싫다는데도 억지로 뭘 시키는 친구 사귄 적 있어요?"

할머니가 놀란 얼굴로 고개를 들었다.

"음, 어디 보자. 내가 너만 했을 땐…… 그러니까 뭐라고 해야 하나. 대담하다, 의지가 강하다? 아무튼 그랬단다. 오히려 싫다는 친구들을 부추기는 쪽이었지. 나중에 후회한 적도 많았단다. 그래도 늘 정당한 이유가 있어서 그랬다고 스스로에게 말했지."

"어떤 일인데요?"

"흠…… 그림 속 소녀 기억하지? 밀라. 밀라는 내 단짝이었단다. 항상 수줍음이 많고 조용했지. 나서서 자기 목소리를 내는 법이 없었어. 한번은 가게 주인이 밀라한테 사과를 훔쳤다면서 야단을 했어. 밀라가 그런 것도 아닌데 말이지. 밀라는 절대 그런 짓 하는 애가 아니야. 그런데도 가게 주인은 나름대로 이유가 있어서 밀라를 딱 골라 희생양으로 삼았던 거야. 그러다 나중에 사과 상자가 발견됐단다. 그냥 배달 수레에서 안 내렸던 거였지. 가게 주인이 사과했지만 나는 교훈을 가르쳐 주고 싶었어. 그러던 어느 날 가게 주인이 자기 집 앞마당에 새하얀 새 침대 시트를 널어놓은 걸 봤단다. 한겨울에 그게 무슨 멍청한 짓인지. 밤새 서리가 내려서 시트가 돌처럼 딱딱하게 얼었지 뭐냐. 나는 같이 가자고 밀라를 꼬드겨 시트에 구멍을 뚫었단다. 어찌나 딱딱한지 주먹으로 치면 구멍이 뻥 뚫렸지. 가게 주인이 펄펄 뛰고 난리였단다. 다 하고 나니까 구멍이 숭숭 뚫린 게 꼭 스위스 치즈 같았어."

아니아 할머니가 키득키득 웃었다.

"가게 주인이 왜 밀라를 희생양으로 삼았는데요?"

"밀라가 유대인 혈통이라 그런 거지. 그 당시엔 유대인이라면 일단 의심부터 하고 봤단다. 유대교를 안 믿어도 그랬어. 실제로 밀라네 가족은 우리 마을 성당을 다녔거든. 유대교인이라기보다는 가톨릭 신자였는데도 밀라를 미워하기로 작정한 사람들에겐 아무 차이가 없었지. 마을 사람들 중에는 세상에 불만이 있는 사람들이 정말 많았는데, 그 사람들은 그저 탓할 상대가 필요했던 거야. 내가 같이 안 한다고 하니까 나한테도 등을 돌렸단다."

"그래서 기차에서 뛰어내리신 거예요?"

할머니는 내 질문을 곰곰이 생각했다.

"그렇다고도 할 수 있겠구나. 그런데 그 얘기는 사연이 훨씬 길단다."

아니아 할머니의 말에는 가슴을 내리치는 무시무시한 죄책감을 누그러뜨리는 뭔가가 있었다. 나는 할머니의 얘기를 계속 듣고 싶었다. 잠시만이라도 끔찍한 현실에서 도망쳐야 했다.

"처음부터 얘기해 주시면 안 돼요?"

할머니는 내 부탁을 들어주었다.

"그때는 지금하곤 세상이 많이 달랐단다. 내가 살던 곳은 작은 마을이라서 온 동네 사람들이 서로 다 친구고 옆집 숟가락 개수까지 훤히 알았지. 시내에서 한참 떨어져 있었고 자동차도 전화도 없던 시절이었어. 우리 집 근처 길은 대부분 밭하고 밭 사이를 가르는 흙길이었고 밭마다 다른 작물을 키웠어. 시내에서 집으로 돌아올 때면 어른들이 일하는 모습이 보였는데 낫을 휘두르는 모습이 꼭 나비 날개 같았단다.

이 이야기가 시작될 당시에 난 막 열네 살이 되었고 학교를 졸업하면 뭘 해야 하나 슬슬 생각하던 참이었지. 여자들은 대개 졸업하면 남편감을 찾았지만 난 더 신나는 걸 하고 싶었단다. 큰 도시로 나가서 작은 집도 사고 미술 선생님도 되겠다고 다짐했어. 그 당시에도 화가는 별로 돈을 못 벌겠다는 생각이 들더라고. 그래서 교사가 되기로 한 거지. 난 누구에게도 의존하기 싫었어. 내 길은 내가 만들기로 마음먹었어. 인생에서 함께했으면 하고 간절히 원한 사람이 있다면 그건 밀라뿐이었어. 언제나 우리 둘이서 모든 걸 함께할 거라고 상상했단다."

나는 10년 뒤 함께 살고 함께 일하는 젬과 나의 모습을 마음속에 그려 보았다. 우리는 아니아와 밀라 같은 친구는 아닌 것 같았다.

"아까도 말했지만……"

아니아 할머니는 이야기를 계속했다.

"단지 유대인이란 이유로 밀라를 의심하는 사람들이 있었고 우리 반에도 그런 애들이 많았단다. 그 아이들은 집에서 부모님한테 유대인을 가까이하면 문제가 생긴다고 배웠어. 그래서 틈만 나면 밀라한테 그걸 일러 주었지. 밀라더러 세균이 득실대는 끔찍한 도둑이라고 놀리는 노래를 부르기도 했단다.

다 얼토당토않은 소리였는데도 걔들은 그걸 믿었어. 놀림은 갈수록 심해졌단다. 왜냐면 괴롭히는 애들 눈에도 밀라가 정말 똑똑하고 재미있는 아이란 게 뻔히 보였으니까. 밀라는 진짜 지루한 주제라도 항상 자기 생각이 있었지. 밀라는 그걸 몇 년 동안이나 참았단다. 그래도 그땐 그냥 놀림 정도였어. 그날 전까지는. 나중에 생각해 보니까 밀라는 무시무시한 일이 벌어질 거란 걸 알지 않았나 싶어. 그 전에 한 일주일

44

정도 좀 달랐거든."

"어떻게 달랐는데요?"

"말수가 줄고 겁에 질린 것 같았지. 그 일이 있기 전날 밤, 밀라는 내 신호에 답을 안 보냈어. 밀라네 마당하고 우리 집 마당은 서로 마주 보고 있어서 거리는 좀 있었지만 내 방에서 밀라의 방 창문이 보였지. 우리는 촛불하고 까맣게 칠한 카드 몇 장을 가지고 모스 부호로 메시지를 보내곤 했단다. 같이 책을 보면서 모스 부호를 공부해서 아주 익숙해졌어.

그날 밤엔 밀라한테 몇 번이나 신호를 보냈는데도 답이 없었어. 그래도 걱정은 안 했어. 그 전에도 너무 늦게 잔다고 밀라 엄마가 야단을 치는 바람에 모스 부호 대화를 중간에 끝낸 적이 종종 있었거든. 다음 날 다시 하면 된다고 생각했지. 그런데 그다음 대화는 없었단다. 다음 날엔 모든 게 변해 버렸거든."

나는 다음 얘기를 기다렸지만 할머니는 앞마당을 향해 열린 내 뒤편의 창문 너머를 바라보았다. 생각에 잠긴 채 어딘가 다른 곳에 가 있는 듯했다.

"저 갈게요. 그래도 금방 또 올 거예요. 괜찮죠?"

내가 조용히 말했다.

"내가 어디 있는지는 알지?"

할머니가 빙그레 웃었다.

가정 통신문

집에 돌아오고 몇 분 뒤 엄마와 아빠가 들어왔다. 리나 언니는 나도 방금 왔다는 말은 꺼내지 않았다. 나를 살피지 않았다고 혼날까 봐 겁이 난 것 같았다. 언니는 아직 엄마와 아빠를 잘 모른다. 말했어도 별 신경 안 썼을 거다. 나는 아빠에게 곧장 아니아 할머니 얘기를 꺼냈다.

"좋은 분이시지. 저런, 넌 아직 한 번도 얘기를 못 나눠 봤구나."

아빠가 마실 것을 따르며 말했다.

"맞아. 근데 이젠 얘기해. 할머니한테 할머니 이야기를 듣고 있거든."

"할머니 이야기?"

"어렸을 때 할머니랑 할머니 단짝 친구한테 있었던 일."

"그래, 어떤 이야긴데?"

"나도 알게 되면 말해 줄게. 엄청 재미있을 거란 느낌이 와."

내가 아빠에게 약속했다.

"우리 캣, 방가방가. 오늘 잘 지냈음?"

엄마가 내 머리를 흐트러뜨리며 식탁에 앉았다. 엄마가 엄청 젊은 감각인 양 나와 내 친구들 말투랍시고 따라 할 때 벌어지는 상황이었다. 문제는 하나같이 옛날 미국 티브이 프로그램에나 나올 법한 생뚱맞은 말투라는 점. 엄마도 나도 웃음을 터뜨렸다.

"맨날 똑같지 뭐."

내가 대꾸했다. 엄밀히 말해 사실은 아니었지만.

"우리 반에 남자애 한 명 전학 왔어. 이름은 줄리어스. 근데 좀 이상해. 좋은 쪽으로."

"줄리어스? 뭔가 위엄 있는데? 줄리어스 시저 같잖아."

아빠가 말했다.

"응, 근데 직접 보면 그다지 위엄 있단 말은 안 나올 거야. 스코틀랜드의 작은 섬마을에서 얼마 전에 이사 왔대. 젬은 줄리어스 싫어해."

"아, 그래?"

아빠가 미간을 찌푸리며 말을 이었다.

"난 왜 그런지 알지. 줄리어스가 젬보다 잘하는 게 있을 걸? 아니면 자기밖에 모르는 애가 아니라 친절한 아이던가? 별로 어려운 문제도 아니지."

"그만해, 여보. 젬, 당신 생각처럼 그렇게 나쁜 애 아니야."

엄마가 말했다.

젬과 친해진 이후로 아빠는 늘 내게 맞서서 할 말은 하라고 했다. 하지만 아빠 말처럼 쉬운 일은 아니었다. 젬은 언제나 내게 다정했다. 하지만 많은 아이들에게 다정하지 않았다. 내겐 사실상 선택권이 없었다. 이상한 종류의 우정이었지만 나는 늘 젬이 자기 방식대로 나를 보살핀다고 여겼다. 적어도 우리가 말리 중학교에 다니기 전까진.

내 휴대 전화가 울렸다. 엄마는 아직 식사 중이었다. 엄마는 고개를 까딱하며 받아도 된다는 표시를 했다. 젬이었다.

"됐어, 나한테 계획이 있어."

"무슨 계획?"

나는 짐작이 가면서도 일단 물었다.

"그 머저리 말이야, 구더기는 눈도 깜짝 안 하잖아. 전에 살던 판잣집엔 그런 게 득시글댔는지. 아무튼 더 세게 나가야겠어. 나한테 굉장한 아이디어가 있어. 원래도 바보같이 입고 다니지만 더 바보로 만들어 버릴 거야. 우리 학교에 자선기금 모금 사복의 날 있는 거 알지?"

"어. 근데 항상 1월에 하잖아. 그거 일 년에 한 번밖에 안

해. 기억 안 나?"

"으, 당연히 알지. 그런데 개는 모르잖아. 무슨 말을 해도 다 믿을 거야. 학교 일은 하나도 모르니까. 사복의 날 그 이상으로 만들 거야. 테마를 정해서 아주 바보로 만들어 주겠어. 제일 좋아하는 영화 캐릭터 차림으로 꾸미고 오는 날이라고 하려고."

이 계획에서 나는 어떠한 역할을 맡게 될 것이고, 곧 그것이 무엇인지 듣게 될 참이라는 걸 알았다. 필사적으로 계획이 안 먹힐 이유를 생각해 내려고 했지만 젬의 목소리에서 알 수 있었다. 무슨 이유를 대더라도 이미 늦었다는 걸. 내 생각은 맞았다. 젬이 통보했다.

"내가 개한테 줄 가정 통신문을 하나 썼어. 딜리한테 보여 줬더니 엄청 그럴듯하대. 일단 전에 받은 다른 통신문을 보고 만들었는데 네 도움이 필요해. 맨 밑에 서명하고 꼭대기에 학교 로고를 넣어야 하는데 알잖아, 나 그런 거엔 젬병인 거. 지금 이메일로 보낼게. 네가 프린트해서 내일 갖고 와. 알았지?"

답할 틈도 없이 젬이 전화를 끊었다. 안 끊었다 해도 달라질 건 없을 거다. 난 절대 젬과 싸우지 못할 테니까. 젬이 내게 도움을 청한 것은 진짜로 로고를 넣을 줄 몰라서가 아니다. 가정 통신문을 가지고 있다 들키지 않도록 확실히 해 두려는 거다. 나는 내일 가정 통신문을 학교에 가져갈 테고, 누군가 현행범으로 잡힌다면 그건 나일 거다.

나는 계단에 앉아 휴대 전화를 계속 들여다봤다. 이번 아이디어는 지금껏 젬이 생각해 낸 것 중 최악이었다. 적어도 구더기 건은 아룬과 다른 애들 두어 명 정도만 눈치채고 끝났다. 하지만 이번엔 반 애들 전부가, 어쩌면 전교생이 줄리어스가 망신당하는 모습을 보게 될 거다. 이건 온당하지 않다. 누구도 그런 일을 당해선 안 된다.

나는 필사적으로 계획을 엎을 방법을 찾았다. 젬에게 전화해서 우리 집 프린터가 고장 났다고 할까? 엄마가 컴퓨터를 쓰는 바람에 만들 시간이 없다고 할까? 그러나 문제는 젬은 아주 오랜 기간 나를 알아 왔고 내 거짓말쯤은 바로 간파한다는 것이었다.

결국 나는 포기하고 말았다. 늘 그랬던 것처럼. 나는 엄마와 아빠 방으로 가서 노트북 앞에 앉았다. 엄마와 아빠가 적어도 앞으로 한 시간은 노트북을 안 쓸 거란 걸 알고 있기 때문에 나는 내 이메일에 로그인했다. 모든 일은 10분도 걸리지 않았다. 예전 가정 통신문 하나를 스캔해서 필요한 부분을 복사한 다음 젬이 보낸 글을 붙이고 프린트했다.

더 심각한 것은 젬이 담임 선생님의 사인을 하도록 한 것이었다. 다정하고 멋진 김 선생님. 내가 조작한 걸 알면 선생님이 날 어떻게 생각할지 눈에 훤했다.

학부모님, 안녕하십니까?

오는 수요일 본교에서는 사복의 날 행사를 개최합니다. 예년과 달리 올해는 캐릭터 복장으로 행사를 열고자 합니다. 각 가정에서는 학생들이 좋아하는 영화 캐릭터 복장으로 등교하여 자선기금 모금에 참여할 수 있도록 협조해 주시기 바랍니다. 참가비는 2파운드이며 원하는 학생에 한해 그 이상의 금액 역시 환영합니다. 가장 재미있는 복장을 한 학생에게는 상이 준비되어 있으니 상상력을 최대한 발휘하기를 기대합니다. 학생과 학부모님 모두에게 즐거운 하루가 되길 기원합니다.

말리 중학교 8K반 담임 드림

엘리엇 김

"가져왔어?"

다음 날 아침 교실에서 나를 보자마자 젬이 물었다.

나는 고개를 끄덕이며 봉투를 넘기려고 했지만 예상대로 젬은 내게 갖고 있으라는 손짓을 했다.

"볼만하겠다. 다들 줄리어스 보고 어떤 얼굴을 할지 궁금해 죽겠네. 어떤 희한한 복장을 하고 올까? 가정 통신문대로 잘 따라야 할 텐데."

딜리가 양손을 비비며 소곤거렸다.

사실 젬이야말로 기회가 있을 때마다 차려입는 걸 좋아했다. 지난 자기 생일에는 슈퍼히어로 코스튬을 하자고 하더니 빨강과 금색이 어우러진 코르셋에 방패까지 장착한 원더우먼 차림으로 나타났다. 어마어마한 모습이었다. 하지만 딜리만큼은 아니었다. 딜리는 캣우먼이었다. 반짝이는 보디 슈트에 직접 만든 마스크를 쓰고 왔다. 모두 딜리의 코스튬을 보고 난리가 났지만 젬만은 예외였다. 젬은 딜리에게 쏟아지는 관심을 못 견뎌 했다. 그다음 일주일 정도 젬은 딜리와 거의 말을 섞지 않았다. 딜리는 시간이 갈수록 속상해하면서도 자기가 뭘 잘못했는지는 끝내 알지 못했다. 나는 걸 38 복장을 하고 싶었다. 뒤로 쫙 빗어 넘긴 거친 머리에 활과 화살을 들고 은빛 부츠를 신은 걸 38. 하지만 누군지 아무도 모를 것이기 때문에 배트걸을 선택했다.

우리는 마지막 수업 직전까지 기다렸다가 줄리어스의 책상에 통신문을 놓기로 했다. 줄리어스가 다른 아이들에게 말할 기회를 최소화하려는 작전이었다.

봉투는 내 교복 재킷 주머니 속에 숨어 있었다. 나는 혹시라도 떨어뜨렸을까 봐 전전긍긍하며 수시로 손을 얹어 잘 있나 확인했다. 그날은 아무것도 집중이 안 됐다. 심지어 걸 38 작업도. 머릿속을 맴도는 것은 오로지 이 모든 일에 끼고 싶지 않다는 간절한 바람뿐이었다.

점심시간 전에는 2교시 연달아 시모어 선생님의 역사 수업이 있었다. 줄리어스는 우리 앞줄에 앉았다. 저 애는 적이 바로 뒤에 있다는 걸 모르는 걸까? 나는 줄리어스의 뒤통수를 뚫어져라 바라보며 텔레파시로 메시지를 전송할 수 있길 바랐다. 이제 곧 받게 될 가정 통신문은 무시하라고. 젬으로부터 될 수 있는 한 멀찌감치 피하라고.

"좋아요. 이번 학기에는 제2차세계대전에 대해 알아볼 거예요. 먼저 1939년 전쟁이 나는 데 영향을 준 1930년대 말 유럽의 정치 상황에 대해 살펴봅시다. 그 전에 제2차세계대전에 대해서 아는 게 있으면 다 얘기해 볼까요? 이 주제에 대해선 이미 잘 아는 친구들이 많을 테니까요. 어떤 내용이라도 좋아요. 아는 게 있으면 손을 들고 얘기하세요. 칠판에 적겠습니다."

역사는 젬이 가장 싫어하는 과목이다. 물론 그래도 잘하기는 한다. 젬은 뭐든지 다 잘하니까. 그러나 별 흥미가 없는 건 사실이다.

"도대체 역사를 배우는 게 무슨 의미가 있어요?"

언젠가 우리 집에서 저녁을 먹다가 젬이 말한 적이 있다.

"이미 다 끝난 일이잖아요. 똑같은 일이 다시 일어날 것도 아니고. 앞으로 나가서 미래에 실제로 도움이 될 만한 얘기를 해야죠."

아빠는 눈을 치켜떴다. 그러고는 내가 경고의 눈길을 보냈음에도 말문을 열었다.

"과거가 있으니까 끊임없이 앞으로 나갈 수 있는 거야. 과거는 미래를 구성하는 요소지. 우리는 우리의 실수와 성공으로부터 배워야 하는 거다. 탁자며 자동차며 오늘날 우리가 사용하는 것 모두 과거에 발명되고 시행착오를 거친 역사를 통해서 개선된 것들이야. 우리는 선조들에게 모든 걸 빚지고 있는 거야, 젬. 그분들이 없었으면 우리도 지금 이 자리에 존재하지 않아. 그런데 네가 지루하다고 그렇게 아무것도 아닌 일로 무시하면 되겠니?"

젬은 아빠에게 꾸중 듣는 게 싫은 눈치였지만 어깨를 으쓱해 보이며 아무렇지도 않은 척했다.

오늘 젬은 시모어 선생님 앞에서 본인의 지식을 과시하고 있지만 속으로는 더 재미있는 일을 생각할 게 뻔했다. 줄리어스를 괴롭힐 미래의 계획.

"제2차세계대전은 1939년에서 1945년까지 계속됐습니다."

젬이 다소 따분한 얼굴로 이야기를 시작했다.

"연합군과 추축군 양측 간의 대결이었는데 우리 영국은 연합군이었고 히틀러는 무솔리니와 함께 추축군에 속했습니다. 30개국 이상이 참전했고 역사상 최초로 핵무기를 사용했습니다."

젬은 백과사전을 읽듯 줄줄 읊어 댔고 어찌나 빨리 말하는지 시모어 선생님은 칠판에 채 받아 적지도 못했다. 결국 선생님은 중간쯤 쓰다 말고 말했다.

"고맙다, 젬. 또 다른 사람?"

줄리어스가 손을 들었다.

"저희 증조할아버지가 해군이셨는데 1940년에 나르비크 해전에 참전하셨어요. 영국이 전투에서 이기기는 했지만 할아버지의 가장 친한 친구는 폭격을 맞아 돌아가셨대요. 할아버지는 오랫동안 슬퍼하셨어요. 거의 80년이 지났는데도 아직도 그 친구가 너무 보고 싶다고 항상 말씀하셨어요."

"그래, 정말 맞는 말이야."

시모어 선생님이 맞장구치며 말을 이었다.

"역사적 사건과 사실을 배우는 것도 중요하지만 가장 흥미로운 건 주로 그 사건과 사실을 이루는 인간의 경험이라는 걸 기억해야 해요. 다행히 제2차세계대전 생존자들의 이야기가 기록으로 많이 남아 있고 또 국가 기록원에 체험 학습도 갈 예정이니까 놀라운 경험들을 직접 조사할 수 있을 거예요. 줄리어스, 혹시 증조할아버지가 괜찮으시다면 인터뷰를 녹음해서 반에서 들려줄 수 있을까?"

"네, 분명 흔쾌히 승낙하셨을 거예요."

줄리어스가 생각에 잠긴 듯하다가 활짝 웃으며 말했다.

"그런데 3년 전에 돌아가셨어요. 그래도 몇 가지는 제가 얘기할 수 있어요. 안 잊어버리려고 제가 몽땅 적어 놨거든요."

젬이 이글이글한 눈빛으로 쏘아보는 게 보였다.

"안 잊어버리려고 제가 몽땅 적어 놨거든요."

젬은 작은 소리로 스코틀랜드 억양을 따라 했다.

"알랑거리는 꼴 하고는."

"그 얘긴 다음에 꼭 듣도록 하자."

시모어 선생님이 약속했다.

"오늘은 전쟁이 일어나게 된 원인에 대해 알아볼 거예요. 그다음엔 이번 학기 전반부에 진행할 프로젝트를 시작하도록 합시다."

수업이 끝날 무렵 우리는 다섯 개의 모둠으로 나뉘었다. 각 모둠은 제2차세계대전에 대해 서로 다른 주제를 조사할 예정이었다. 젬이 우리 4인방 모둠에 누구를 끼워 줄까 주위를 두리번거리고 있는데 시모어 선생님이 아이들 모두에게 모둠 번호를 정해 불러 주기 시작했다.

"맨날 같이 앉는 친구들하고만 하지 않게 모둠을 섞었어요."

나는 줄리어스와 같은 4번 모둠에 들어갔고, 우리는 제2차

세계대전 동안 영국인들의 일상생활을 조사하는 과제를 맡았다. 다음 몇 주간 읽을 1차 자료와 2차 자료를 받았고 체험학습도 갈 예정이었다. 교실을 나오는데 줄리어스가 나에게 말을 걸었다.

"야, 우리가 맡은 주제 진짜 마음에 들어. 조사할 때 완전 재밌겠지. 그지? 나, 그 당시 생활에 관심 있거든. 타임캡슐이 있으면……."

하지만 줄리어스는 말을 끝맺지 못했다. 젬이 나를 복도로 홱 끌어당긴 탓이었다. 나는 줄리어스에게 애써 미안한 눈빛을 보냈지만 줄리어스가 봤는지는 알 수 없었다.

"뭐 하는 거야? 그 머저리랑 왜 말을 해?"

점심을 먹으러 가며 루비가 말했다.

"그게 아니라…… 걔가 먼저 말을 걸었어."

젬은 아무 말도 없었지만 파르르 곤두서는 게 느껴졌다. 실제로 뺨의 반점이 발갛게 빛나고 있었다.

점심시간에 우리는 우리의 고정 테이블에 앉아 전략을 짰다.

"좋아, 약 10분 뒤에 교실로 출발할 거야. 루비, 너랑 딜리는 복도에서 얘기하는 척하면서 줄리어스가 오는지 살펴. 오는 기미가 보이면 나한테 전화하고. 알았지?"

루비와 딜리가 고개를 끄덕였다. 젬은 누구에게도 괜찮은지 묻는 법이 없었다. 그저 명령을 내릴 뿐이었다.

"난 캣이랑 같이 들어갈 거야. 교실에 누가 있으면 내가 딴 데로 주의를 돌리는 동안 캣이 줄리어스 책상에 통신문을 놓는 거야. 어때, 껌이지? 몇 분이면 끝나."

다만 문제가 있다면 나는 그 일이 껌으로 느껴지지 않는다는 거였다.

나에게 다른 무엇보다 나만의 인피니십이 있다면, 그래서 나를 당장 멀리 데려가 준다면 얼마나 좋을까. 그럼 줄리어스의 굴욕에 아무 역할을 안 해도 될 텐데.

우리는 10분 뒤 교실을 향해 출발했다. 교복 재킷 주머니에 넣은 손에서 땀이 너무 나서 봉투가 눅눅해졌다. 왠지 들키고 말 거라는 확신이 들었다.

두 개의 줄

교실에 아무도 없기를 기도했다. 하지만 행운은 내 편이 아니었다. 아룬이 제이스, 프레디와 함께 있었다. 아이들은 휴대 전화로 영화를 보고 있었고 쿵쿵대는 음악이 흘러나왔다. 아룬은 깔깔 웃으며 박자에 맞춰 손바닥으로 책상을 탁탁 두드렸다. 약속대로 젬은 곧장 행동에 돌입했다.

"뭐 봐?"

젬이 아룬만을 위한 특별한 목소리로 물었다. 그러고는 등으로 아이들의 시선을 막아섰다. 나는 곧바로 줄리어스의 책상으로 살금살금 향했다. 고작 하루 전 구더기로 버글댔던 줄리어스의 가방이 의자 옆에 놓여 있었다. 마치 이번엔 어떤 끔찍한 거로 채워질까 기대된다는 듯 놓아둔 것 같았다. '제일 센 거로 해 보든가.' 하고 말하는 듯했다.

나는 가정 통신문을 책상 위 필통 밑에 밀어 넣은 다음 아무 일도 없다는 듯 젬 옆으로 갔다. 주변에 선생님은 보이지 않았다. 미칠 듯 뛰던 심장이 점차 속도를 늦추었다.

30분 뒤 점심 조회 시간이었다. 줄리어스가 봉투를 들고 통신문을 꺼내 읽으며 싱긋 웃는 게 보였다. 줄리어스의 얼굴에 들뜬 표정이 스쳤다. 다행히 그 순간 담임 선생님이 학부모 상담 기간 이야기를 꺼냈고 그다음엔 서둘러서 마지막 수업 교실로 향해야 하는 바람에 줄리어스에겐 무언가를 물어볼 기회가 없었다.

수학 수업 두 시간 동안 줄리어스가 누군가에게 그 얘기를 꺼내지 않는다면 이대로 무사히 성공이었다. 내일까지는.

*

나는 끝냈다는 것에 안도하며 학교 밖으로 걸어 나왔다. 교문 앞에서 인사를 하는데 젬이 은밀하게 나와 손바닥을 마주쳤다. 일이 계획대로 딱딱 진행됐다는 게 믿기지 않았다. 아니아 할머니 집에 가서 잠시나마 이 일을 잊을 수 있기를 간절히 바랐다. 그런데 길을 건너자 그 애가 있었다. 커다랗고 우스꽝스러운 가방을 좌우로 흔들며 정거장에서 버스를 기다리고 있었다.

나를 보자 줄리어스가 빙그레 웃었다. 나는 미소의 대상이 다른 사람인가 싶어 뒤를 돌아보았다.

역사 시간 뒤에 그렇게 무시를 당했으니 나한테 또 말을 걸 리가 없지 않나? 게다가 구더기 사건과 내가 관련이 있다고 의심까지 하는 마당에.

그러나 내 생각은 틀렸다. 미소는 나를 향한 것이었다.

저 아이는 어쩌자고 저렇게 무턱대고 사람을 믿는 걸까. 나는 줄리어스를 잡고 흔들며 모두가 네 친구라고 생각하면 안 된다고 일러 주고 싶었다.

"안녕. 몇 번 버스 타?"

줄리어스가 물었다.

"40번."

"난 73번 타는데. 수영장 근처 주피터클로스길에 살아. 할아버지 집으로 이사 왔어. 집이 완전 길쭉하고 좁아. 괴상한 로켓같이 생겼어. 곧 이륙할 것 같아."

내가 어색하게 웃었다.

"학교생활은 어때? 지금까지."

줄리어스가 더는 말이 없어서 내가 물었다.

그러자 줄리어스는 뭔가 생각나는 게 있는 듯 나를 뚫어져라 쳐다보더니 마지막 순간에 마음을 바꾸었다.

"괜찮아. 애들도 착해 보이고. 대부분은."

"그래."

"넌 내일 어떤 복장 할 거야?"

줄리어스가 불쑥 물었다. 나는 무방비 상태로 허를 찔리고 말았다.

"내일?"

"사복의 날 말이야. 좋아하는 영화 캐릭터 복장 하는 거 아니야?"

"어, 그렇지. 그게…… 난 아직 안 정했어. 넌?"

"모르겠어. 멋진 게 너무 많아. 막판에 정할 것 같아. 내일 돼 봐야 알 것 같아. 아마 이티 할 것 같은데 적당한 복장이 있나 모르겠어. 이 학교도 코스튬 행사를 하다니 멋지다. 옐에서도 학교에서 많이 했어. 뭐 그때는 학교가 진짜 쪼그마니까 우리끼리 규칙을 정하기 나름이었지만. 아룬은 뭐 입고 올까?"

이쯤 되면 내 얼굴에 다 쓰여 있을 게 뻔했다.

그때 40번 버스가 다가오는 것이 보였다. 마음이 풀리며 어깨가 툭 내려갔다.

"나, 갈게."

나는 중얼거리며 뛰다시피 열린 문으로 들어갔다.

"내일 보자. 너 뭐 입고 올지 진짜 궁금하다!"

줄리어스가 대꾸했다.

버스가 길을 따라 출발하자 심장이 끔찍한 마법이라도 부린 듯 와락 속도를 높였고 정신이 아득해졌다. 나는 가장 가까운 자리에 주저앉아 눈을 감았다. 그러곤 비상 정지 버튼을 누르고 줄리어스를 쫓아가고 싶은 충동과 싸웠다. 달려가서 말하고 싶었다. 거짓말이라고, 못돼 처먹은 한심한 거짓말이라고. 내 생각이 아니었다고. 그런데 그러지 못했다.

그때 번뜩 머리를 스치는 생각이 있었다. 우리가 나눈 대화 덕택에 줄리어스는 그 일에 내가 관계됐다는 걸 확실히 알게 될 거다. 안 그러면 내가 어떻게 줄리어스의 말에 맞장구를 쳤겠는가.

버스에서 내려 집 앞길을 걷는 동안에도 나는 걱정에 사로잡혀서 아니아 할머니가 내 이름을 부를 때까지 할머니가 있는 줄도 몰랐다.

할머니는 길 반대편에서 쇼핑백 여러 개를 들고 헉헉대고 있었다. 그중 하나는 앵무새 머리에서 막 흘러내리려는 참이었다. 나는 급히 달려갔다.

"화방에 다녀오는 길이란다, 캣. 이렇게 좋은 붓들이 다 세일 중이잖니. 그래서 사람들 말처럼 나 자신에게 선물을 하기로 했지. 유화 물감도 좀 사고 목탄이랑 여러 색깔 분필도 샀단다. 세상에, 멈춰지지가 않는 거야. 그래서 생각했던 것보다 훨씬 무겁구나."

나는 할머니 짐의 반을 나눠 들고 집까지 날랐다.

"다시 그림 그리시는 거예요?"

"음, 네가 영감을 줬다고 해야겠구나. 생기를 불어넣고 싶은 사람이 있단다. 그러려면 제대로 된 재료가 있어야 하지 않겠니? 노력을 들이지 않으면 그분이 반기지 않을 테니까."

"아……."

복도에 짐을 내려놓고 집을 나오려는데 아니아 할머니가 내 어깨에 따뜻한 손을 얹으며 붙잡았다.

"무슨 일이니?"

"아무 일 없어요."

아무 일 없지 않다는 걸 다 안다는 듯 할머니가 나를 보았다.

"잠깐 있다 갈래?"

나는 주저했다. 아무와도 말하고 싶지 않은 기분이었다. 하지만 아니아 할머니라면 아무 말 안 해도 될 거란 생각이 들었다.

"할머니 얘기 더 들려주시면요. 그날 무슨 일이 일어났는지 궁금해요."

"아, 그러고말고."

나는 어느새 내 자리가 돼 버린 안락의자에 편안히 몸을 묻었고, 아니아 할머니는 쇼핑백을 비운 다음 뻣뻣한 다리를 쭉 펴고는 지난 일들을 더 생생히 떠올리기 위해 눈을 감았다.

"그날 성당 가는 길에 밀라를 봤단다. 마음이 탁 놓였어. 그 당시 나는 일요일마다 엄마랑 남동생, 여동생이랑 성당에 갔어. 아빠는 마을 이장이었는데 대부분 일 때문에 피곤해서 같이 안 갔지. 9월 첫 번째 일요일이던 그날도 우리 넷이서 미사에 가다가 나는 밀라랑 밀라 엄마를 향해서 달려가고 나머지 가족들은 뒤에서 쫓아왔어. 모든 게 평범했단다. 내 기억에 그날은 계절에 비해 날이 따뜻했어. 사람들이 겉옷 없이 여름옷을 입고 나왔거든.

난 지금 이 순간까지도 여전히 궁금해. 그날 벌어질 일을 예측할 만한 무슨 단서가 있긴 않았을까. 내가 조금만 더 촉각을 곤두세웠다면, 이웃이 입은 빨간 원피스만 넋 놓고 바라보지 말고 주변 사람들을 봤다면 성당 건물 안으로 못 들어가게 막을 수 있진 않았을까. 답은 끝내 모르겠지.

미사는 평소처럼 시작됐단다. 나이 든 신부님이 제단 옆에 서서 두 팔을 활짝 벌리고 모두를 맞았어. 그런데 갑자기 신부님 얼굴의 미소가 공포로 바뀌더니 뒤쪽에서 고함이 들렸어. 자리에 앉은 채로 뒤를 돌았더니 군인들이 보였단다. 군인들이 떼를 지어 성당으로 행진해 들어오더니 우리를 둘러쌌고 마지막으로 들어온 군인이 문을 쾅 닫았어.

목소리를 듣고 바로 외국인이란 걸 알았지. 우리 아빠만큼 나이 든 군인들도 있었고 아주 어린 군인들도 있었어. 학교 졸업반 정도 돼 보였지. 군인들 사이엔 공통점이 두 가지 있었는데 남색 군복하고 찌푸린 눈이었어.

군인들은 미사를 계속하도록 했지만 신부님은 죽어도 하고 싶지 않은 얼굴이었단다. 짧게 강론을 하고 제단 끄트머리로 비척비척 자리를 옮기는 신부님의 눈에 절망이 어렸어. 신부님은 뒷문으로 탈출하고 싶었던 것 같아.

그때 군인들 몇 명이 무릎을 꿇고 기도를 했어. 그래서 난 마음 한편으로 다 잘될 거라고 생각했지. 그냥 어떤 상황인지 감시하러 온 거라고, 결국엔 우릴 풀어 줄 거라고. 나는 걱정을 떨치려고 그중 어려 보이는 군인 한 명하고 눈을 마주치려고 했는데 내 눈길을 받아 주지 않더구나. 알고 보니 내 생각은 단단히 잘못된 것이었어.

앞쪽의 키 큰 군인들 중에서 콧수염을 짙게 기른 군인이 우리보고 일어서라고 하더니 열어 놓은 뒷문으로 한 명씩 빨리 나가라고 소리쳤어. 걸어 나가는 밀라의 어깨가 바들바들 떨리는 게 보였어. 이웃에 사는 할리나 할머니는 아마 지금 내 나이쯤 되지 않았나 싶은데 다리가 불편해서 질질 끌면서 걷느라 시간이 한참 걸렸지. 할머니가 시간을 끄는 게 화가 났던지 군인 한 명이 소총을 꺼내더니 끝으로 할머니 등을 쿡 찔렀어."

"안 돼! 쐈어요?"

"그냥 밀기만 했단다. 천만다행이었지. 그런데 할리나 할머니는 바닥으로 나동그라졌단다. 쿵 하고 소름 끼치도록 끔찍한 소리가 울렸어. 그 후로도 몇 주 동안 그 소리가 내 귓가를 맴돌았어. 아직도 그 소리가 들리는 것만 같구나. 그래, 그래도 할머니는 결국 겨우겨우 일어나서 사람들 무리로 떠밀렸단다.

그렇게 성당 밖으로 나오니까 테이블 두 개가 있고 군인한 명이 교통정리를 하는 것처럼 그 사이에 서 있었어. 그 군인은 '보통 사람들'하고 '유대인'을 분리해 내려고 했어. 거기 있는 사람들은 유대인이면서 보통 사람이란 걸 군인은 이해하지 못했어. 유대인 혈통이라 해도 다른 사람들처럼 가톨릭교회를 나오고 있었거든. 그 둘을 분리해 내려면 한 사람을 반으로 나눠야 했어. 줄줄이 손을 잡고 늘어선 종이 인형을 반으로 자르는 모습이 떠올랐단다.

난 밀라가 위험에 처했다는 걸 직감하고 옆으로 꼭 끌어당겼어. 무슨 일이 있어도 우리를 못 갈라놓게 할 거라고 마음먹었지.

하지만 그 군인은 생각이 달랐어. 밀라를 한 번 쳐다보더니 고개를 까닥했어. 난 그게 밀라하고 밀라 엄마를 나와 반대편 줄로 보내라고 다른 군인한테 보내는 사인이란 걸 바로 눈치챘지.

'그러지 마세요! 나랑 같이 있어야 해요!'

소리치던 내 모습이 생생하구나. 나는 밀라를 향해 달려갔
단다. 밀라가 꼭 다른 줄로 가야 한다면 나도 가야 한다고 생
각했어. 그런데 그때 누군가 손으로 내 입을 틀어막더니 끌
고 갔단다. 고개를 돌려 봤더니 엄마였어. 충격적이었지. 엄
마 눈에는 경고의 눈빛이 어려 있었어. 보는 순간 엄마는 나
보다 훨씬 많은 걸 알고 있다는 걸 깨달았단다. 엄마는 두려
워하고 있었어."

아니아 할머니는 여전히 눈을 감은 채 침을 꿀꺽 삼켰다.
이따금 내가 눈물을 참을 때 같았다. 다가가 어깨를 감싸고
싶었지만 할머니가 다시 이야기를 시작했다.

"밀라가 다른 친구들, 이웃들 여러 명하고 같이 수레에 강
제로 실리는 걸 보면서 소리를 지르고 싶었어. 나중에 보니
까 그 무자비한 군인들은 유대인 마을 사람들의 명단을 가지
고 있었어. 이미 보낼 데가 정해져 있었던 거지.

말들이 수레를 끌고 가는 걸 보고는 난 엄마 손을 뿌리치
고 젖 먹던 힘까지 다해서 뒤를 쫓아 달렸단다. 그런데 수레
는 정말 빨랐어. 내 형편없는 다리로는 따라잡을 가망이 없
었지. 밀라의 이름을 부르고 또 불렀지만 밀라가 들었는지
는 알 길이 없었어. 그러다 어떻게 해도 밀라를 못 쫓아간다

는 걸 깨닫고 난 먼지 풀풀 날리는 길 한가운데에 서서 외쳤단다.

'밀라! 내가 찾으러 갈게. 약속해. 꼭 찾을 거야.'

나는 폐 안의 공기가 다 빠져나갈 때까지 소리치고 또 소리치다가 흙바닥에 주저앉았어."

"군인들이 할머니를 끌고 가진 않았어요?"

내가 떨리는 목소리로 물었다.

"아니, 쫓아올 생각도 안 했어. 내가 돌아갈 수밖에 없다는 걸 알고 있었거든. 실제로도 돌아갔고. 나는 울면서 성당 마당으로 가서 엄마를 꼭 붙들었어. 그때는 군인들이 밀라를 어디로 데려갔는지 알 길이 없었는데도 어딘가 먼 곳이란 건 알 수 있었어. 아마도 오래, 아주 오래 다시 만나지 못할 거란 것도.

나는 우리 줄에 선 사람들은 당연히 풀려날 줄 알았어. 그런데 그것도 잘못된 생각이었단다. 앞에 놓인 탁자로 가니까 성당 안에서 눈을 맞추려고 했던 그 어린 군인이 나한테 종이쪽지를 주면서 서툰 폴란드어로 버럭 소리를 치더구나.

'내일 아침 10시 40분에 기차가 출발한다. 역으로 나올 것.'

무슨 영문인지 몰라서 쪽지를 빤히 들여다보고 있으니까 남동생이 와서 날 끌고 갔지.

우리 식구 중에 다른 사람은 아무도 쪽지를 안 받았어. 군인들은 엄마와 남동생과 여동생을 보더니 옆으로 비키라면서 다른 여자들하고 어린아이들 옆으로 보냈지. 누가 봐도 별 쓸모가 없어 보이는 사람들이었어.

그래도 결국 우리를 집으로 보내 주긴 했단다. 네가 무슨 생각하는지 다 안다. 그 끔찍한 쪽지는 쓰레기통에 던지고 무시해 버리라고 하고 싶겠지. 날 집으로 그냥 돌려보낼 정도로 멍청한 군인들이면 나는 자유의 몸 아니겠냐고. 그런데 곧 상황이 그렇지 않다는 얘기가 들렸어. 명령에 복종하지 않은 사람들이 어떤 일을 당했는지 소문이 돌았단다. 정육점 뱀 아저씨 말로는 옆 마을 어떤 남자가 군인들을 피해 달아났는데 나중에 군인들이 집을 불태워서 아이들이 길로 나앉아 구걸을 하게 됐다는 거야. 우리 부모님은 어떻게 할지 몇 시간이나 말다툼을 했어. 그러곤 결국 나더러 짐을 챙기라고 했지. 다음 날 우리는 기차역으로 갔단다."

똑똑똑.

아니아 할머니의 이야기에 푹 빠져 있던 터라 갑작스런 노크 소리에 난 소스라치게 놀랐다.

"안녕하세요? 방해해서 죄송한데 여기 캣 있나요?"

리나 언니의 목소리였다.

나는 전화를 보고 화들짝 놀랐다. 벌써 6시 30분이었다. 한 시간 반이 어디로 사라졌는지 알 수가 없었다.

"죄송해요. 조만간 또 올게요."

내가 나지막이 말했다.

문밖으로 나오며 아니아 할머니가 겪은 일에 비하면 젬과 줄리어스 사이에 낀 내 상황은 정말 별것 아니라는 생각이 들었다. 나는 강해져야 했다. 그리고 무엇보다 내가 믿는 바를 위해 당당히 맞서야 했다.

프로도

다음 날 아침, 나는 엄마에게 아프다고 하고 싶었다. 하지만 부모가 둘 다 의사일 때의 문제는 꾀병 따위 바로 걸린다는 거였다. 게다가 엄마나 아빠나 곧 죽는 게 아닌 이상 학교는 반드시 가야 한다고 여겼다. 나는 어쩔 수 없이 침대 밖으로 기어 나와 아니아 할머니의 이야기를 생각하며 오늘 펼쳐질 하루 말고 다른 곳에 정신을 쏟으려고 애썼다.

학교에 도착하자 상황은 상상했던 것보다 심각했다. 복도를 걸어가는데 중간부터 깔깔대는 소리가 들렸다. 심장이 쿵쾅대기 시작했다. 교실로 들어가는 내 모습을 들키고 싶지 않았지만 너무 궁금한 나머지 고개를 들고 말았다.

줄리어스가 환상적인 복장으로 자리에 앉아 있었다. 실제로 대회가 열렸다면 노력상은 분명해 보였다. 줄리어스는 반바지로 자른 진초록 바지에 일부러 진흙을 묻힌 것으로 보이는 연초록 셔츠를 입고 있었다. 셔츠 위에는 기다랗게 물결치는 갈색 망토를 걸쳤는데 커다란 자루로 모자를 만들어 달아 놓았다. 가까이 다가가자 목에 건 줄에서 얼핏 금반지가 반짝였다. 하지만 단연 압권은 낡은 운동화에 풀 먹인 종이를 붙여 만든 커다랗고 털이 북슬북슬한 호빗 발이었다.

줄리어스는 '반지의 제왕'의 프로도였다.

하룻밤 사이에 어떻게 저걸 다 했을까? 밤새도록 만든 걸까?

줄리어스의 코스튬에 대한 아이들의 반응은 제각각이었다. 믿기지 않는다는 듯 뚫어져라 보는 아이, 깔깔대고 웃는 아이, 담임 선생님이 오기를 기다리는 아이.

줄리어스는 어리둥절하고도 조금은 겁먹은 얼굴이었다. 추위 속에 버려진 가냘픈 새 한 마리가 떠올랐다.

"그런데…… 나…… 나…… 자선기금 모금한다고 캐릭터 복장 입고 오라는 통신문을 받았는데……."

줄리어스가 아룬에게 말했다.

"누가 너 골탕 먹이려고 한 짓이 분명해. 범인 찾는 거 도와줄까? 누군진 몰라도 한심하네. 나한테 그랬으면 완전 열받았을 거야."

아룬의 대답이 들렸다.

나는 그쪽으론 시선을 주지 않고 곧장 내 자리로 향했다.

"수상하게 좀 굴지 마."

젬이 목소리를 낮춰 말했다. 젬은 아룬의 말을 못 들었다.

"대성공. 상상 이상이야!"

루비와 딜리는 알림장으로 얼굴을 가리고 웃다가 눈물까지 찔끔거렸다.

잠시 뒤 줄리어스는 교실 앞에 서 있었다. 여전히 커다랗고 북슬북슬한 신발을 신은 채 담임 선생님의 질문을 받았다.

"반지의 제왕 코스튬은 왜 입었니?"

나는 양손에 고개를 묻었다. 이제 다 끝났다. 줄리어스는 선생님에게 가정 통신문을 보이며 내가 캐릭터 복장에 대해 아무렇지도 않게 맞장구를 치는 바람에 당연히 믿었다고 할 거다. 그 말은 내가 그 일에 관련된 게 분명하다는 뜻이고.

하지만 줄리어스는 큼큼 기침을 하더니 머뭇머뭇 주위만 두리번거렸다.

"응?"

"제가, 제가 뭘 잘못 안 것 같아요. 오늘이 자선기금 모금을 위한 캐릭터 복장의 날인 줄 알았어요."

드디어 줄리어스가 대꾸했다.

"어째서 그렇게 생각했지?"

줄리어스가 대꾸를 하지 않자 선생님이 한숨을 쉬고는 말을 이었다.

74

"옛날 학교에서는 자선기금 모금의 날에 이렇게 했니? 어쨌든 그건 나중에 얘기하도록 하고. 갈아입을 옷은 있어? 교복 가져왔니?"

"아니요. 사물함에 체육복만 있어요."

"그래. 어, 집에 가서 옷을 갈아입고 오는 게 좋겠다. 1교시 화학이지? 내가 조르디 선생님한테 첫 시간 빠진다고 얘기해 놓을게."

줄리어스가 혼이 나간 얼굴로 멍하니 서서 선생님이 출석 확인을 마치기를 기다리는데 문득 밀라의 이미지가 떠올랐다. 할머니의 이야기 속에서 사과 도둑으로 지목된 밀라. 줄리어스도, 밀라도 잘못이 없었다. 그리고 둘 다 용기 내어 자신을 위해 맞서지 못했다. 마음 한구석에서 줄리어스가 가정통신문도, 어제 정거장에서 나눈 대화도 다 말해 버렸으면 하는 마음이 일었다. 차라리 내 입으로 자백해 버릴까도 생각했다. 내가 한 짓에 대해 어떤 식으로라도 벌을 받아야 한다는 기분이 들었다. 그렇지 않으면 스스로를 용서할 수 없을 것 같았다. 하지만 난 아무 말도 못 하고 가만히 앉아서 피가 날 때까지 왼손 엄지손가락의 거스러미를 뜯으며 창밖만 바라봤다. 비둘기 두 마리가 운동장에서 서로의 주변을 빙빙 돌고 있었다. 나도 안다. 나는 겁쟁이다.

화학 시간 내내 전혀 집중이 안 됐다. 그러다 2교시 중반쯤 되자 드디어 줄리어스가 교복을 입고 과학실로 들어왔다. 여전히 얼이 빠진 얼굴이었다. 줄리어스는 늦어서 죄송하다고 한 뒤 누구와도 눈을 맞추지 않고 가장 먼저 눈에 띄는 자리에 앉았다.

그 후 며칠간 줄리어스는 있는 듯 없는 듯 지냈다. 줄리어스답지 않게 수업 시간에도 거의 입을 다물었고 점심시간에는 구석 자리에 혼자 앉아 책을 읽었다. 딱 꼬집어 슬퍼 보인다고는 할 수 없었지만 자기의 본모습대로 행동해선 안 된다는 걸, 생기를 죽인 흑백 버전의 줄리어스가 돼야 한다는 걸 깨달은 듯했다. 나는 마음이 무너졌다.

어느 비 오는 오후였다. 아룬이 친구 두 명과 함께 줄리어스의 책상으로 다가가는 게 보였다. 처음 든 생각은 줄리어스를 놀리려는 건가였는데, 아룬은 아이들과 앉아서 자신의 아이패드로 줄리어스에게 뭔가를 보여 주었다. 이내 줄리어스는 아룬의 이어폰 한쪽을 꽂고 함께 음악을 들었다. 아무렇지 않게 아이들이 못된 짓을 할 거라 생각하다니 어처구니가 없었다. 모두가 우리 같진 않았다.

"쟤네들 뭐 하는 거야?"

딜리의 등 뒤에서 슬쩍 눈길을 던지며 젬이 물었다.

"아룬이랑 제이스, 데이브가 줄리어스랑 같이 노나 봐."

내가 웅얼거렸다.

"아룬, 간이 부었는데."

명랑하게 말했지만 젬의 얼굴에는 어김없이 그 작은 반점이 발갛게 빛났다.

"무슨 상관이야, 젬. 네 계획, 완전 대성공이었어. 중요한 건 줄리어스가 찌그러져서 제자리로 돌아가는 거잖아."

딜리가 안절부절못하며 말했다.

"바로 그거야. 확실히 그 자리에 눌러 놔야겠어."

탈출

　주말에 피트 삼촌하고 사촌들이 와서 같이 사우스다운스 국립 공원에 갔다. 덕분에 학교 일에서 얼마간 눈을 돌려 걸 38의 풍경으로 쓸 좋은 아이디어를 잔뜩 얻었다. 나는 시간 가는 줄 모르고 덤불로 뒤덮인 언덕과 굽이치는 강물을 그렸다. 다만 색깔은 바꾸었다. 행성 U의 강은 용암이 이글대는 강렬한 오렌지색으로, 언덕은 잠자는 거인의 등처럼 검은색으로 칠했다. 집에 와서도 나는 걸 38을 계속 그리며 다가올 일주일에 대한 생각을 잊으려 애썼다.

　호크아이와 걸 38은 행성 U의 불가사의한 땅을 몇 시간 동안 돌아다니며 나무에서 떨어진 거대한 산딸기와 형광빛 버섯 같은 먹을 수 있는 것은 닥치는 대로 모았다. 둘은 해가 지기 전에 돌아갈 참이었다. 빌크족이 보인 것은 그때였다. 빌크는 제멋대로 뻗은 덤불 사이에 몸을 대강 숨기고 있었지만 잎사귀 사이로 날카로운 눈빛이 뚫고 나왔다. "쏴!" 호크아이가 명령했다. 걸 38은 활과 화살을 들었다. 그런데 아무리 애를 써도 활시위가 당겨지지 않았다. 마치 보이지 않는 힘이 걸 38을 막는 것만 같았다.

나는 허공에 팔을 들어 올린 채 어쩔 줄 몰라 하는 걸 38을 그리려고 했지만 모든 게 어정쩡하게만 보였다. 그냥 그럴듯하지가 않았다. 몇 번이고 다시 그려 봐도 전혀 나아지질 않았다. 급기야 더는 참을 수가 없어서 종이를 확 찢어서 둥그렇게 구겨 버렸다.

멍하니 창밖을 바라보는데 아니아 할머니가 쇼핑 카트를 끌고 현관을 나서는 게 보였다. 할머니는 느릿느릿 마당 가운데 통로를 걷다가 대문까지 가지도 못하고 엉망으로 자란 덤불에 걸려 휘청 넘어질 뻔했다. 할머니는 문기둥을 잡고 가까스로 중심을 잡았다.

나는 벌떡 일어나 차고로 달려가서 잔디깎이를 꺼냈다. 약속만 해 놓고 잔디는 깎지도 않고 있었다. 처음 샀을 때 아빠가 사용법을 알려 준 덕분에 나는 프로였다. 나는 잔디 깎는 냄새가 정말 좋다. 그 냄새를 맡으면 피트 삼촌 집에서 보내는 여름 방학이 떠오른다. 아니아 할머니 집의 덤불을 몽땅 다듬을 시간은 안됐지만 적어도 위험한 가지를 치고 잔디를

깎을 순 있었다.

먼저 가장 심하게 거슬리는 덤불들을 잘라 냈다. 그러고는 담장의 구멍 사이로 잔디깎이를 끌어당겨 통과시킨 다음 출발했다. 잔디깎이가 얼마나 유능한지 잊고 있었나 보다. 30분 뒤 아니아 할머니가 돌아왔을 즈음엔 정글이 제법 정돈되기 시작했다.

할머니가 기뻐하는 얼굴을 보자 웃음이 났다. 햇살이 비치는 마당에 선 할머니는 정말 예뻐 보였다.

"캣, 대단해. 넌 나의 구세주야!"

잔디깎이가 웅웅거리는 소리 위로 할머니가 외쳤다.

"이번 주 내로 앞마당도 깎을게요."

내가 이마를 닦으며 말했다.

"안 그래도 돼. 내가 제일 쓰고 싶은 데는 뒷마당이니까. 이제야 내 친구를 햇빛으로 데려올 수 있겠네. 여기 빛이 실내보다 한결 좋지 않니. 밖으로 함께 나오려고 오랫동안 몰래 기다렸거든."

"할머니 친구 누구요?"

나는 어리둥절해서 물었다. 혹시 체스터를 말하는 건가 했다.

"소개해 줄게. 마지막으로 하나만 더 도와주면."

할머니는 나를 다시 이젤 앞으로 이끌었다. 밀라의 초상

화는 이젤에서 내려와 조심스레 벽에 기대어 있고 그 자리
는 다른 조그만 캔버스가 차지하고 있었다. 새 작품의 시작
이었다. 밝은색 머리에 수염이 인상적인 남자의 그림이었다.
어딘가 먼 곳을 응시하는 남자의 얼굴엔 집중하는 표정이 어
려 있었다.

할머니와 나는 함께 마당으로 이젤을 옮겼다. 스툴과 일광
욕 의자도 꺼내 왔다. 둘 다 계단 밑 벽장에서 뿌옇게 먼지를
뒤집어쓰고 있던 것들이었다.

"누구예요?"

전부 해가 가장 잘 비치는 곳에 놓은 뒤 내가 물었다.

"이 그림엔 제목을 붙였단다. '선한 군인'. 도움이 가장 절
실했던 순간에 날 도와준 분이지. 네가 이 그림을 그릴 수 있
게 영감을 준 거야. 내 얘기를 해 달라고 한 덕분이지."

나는 가만히 초상화를 들여다봤다. 아직 시작 단계인데도
남자가 어떤 종류의 사람인지 정확히 느낌이 왔다. 입매는
단호해 보였지만 눈에는 놀라운 무언가가 있었다. 대담하고
정직한 무언가. 그림을 보는 순간 직접 만나면 분명 이 남자
를 좋아하게 될 거란 생각이 들었다. 나는 남자에 대해 더 알
고 싶었다.

"어떤 분이었는지 얘기해 주세요."

작은 스툴에 자리를 잡으며 내가 말했다.

"소개하기 전에 먼저 기차에 탄 다음에 어떻게 됐는지부터 말해야겠구나."

아니아 할머니가 일광욕 의자에 누워 빙긋 웃으며 말했다.

"엄마, 아빠한테 여기서 밥 먹고 저녁까지 있어도 되는지 물어보고 올게요. 사촌들도 돌아갔으니까 괜찮다고 할 거예요."

"그래, 나도 내 저녁을 가지고 나오마. 몇 시간은 햇빛을 더 볼 수 있을 것 같구나. 멋진 석양까지 선물로 받을 것 같고."

몇 분 뒤 나는 스파게티 한 그릇을 들고 돌아와 걱정 가득한 내 삶으로부터 떠날 준비를 했다. 아니아 할머니가 한숨을 내쉬며 눈을 감더니 이야기를 시작했다.

"도착해 보니까 기차역에 사람이 어마어마하게 많았어. 요즘은 어딜 가도 사람들이 넘쳐 나잖니? 너는 그런 게 익숙하겠지. 그런데 내가 살던 곳에선 그렇게 많은 사람이 한꺼번에 모여 있는 건 본 적이 없었단다. 우리 마을만이 아니라 인근 지역 전체에서 다 온 거였지. 사람들이 역 안으로 꽉꽉 밀고 들어와서 제대로 움직이지도 못했어.

정말 이상한 건 그렇게 대단한 인파인데도 거의 아무 소리도 안 났다는 거야. 소리를 꺼 버린 영화 같았단다. 다들 너무 겁이 나서 말도 못 했던 것 같아. 머리가 허연 어떤 늙은 남자가 내 또래 여자애를 가슴에 꼭 끌어안고 있는 게 보였어. 눈이 짙고 아름다웠는데 눈물이 볼을 타고 흘러내렸지. 그 모습이 쭉 가슴에 남아 있었단다. 너무 고통스럽고 동시에 너무 아름다웠기 때문이지. 한번 그려 보려고 했는데 실제처럼 되질 않더구나."

"하실 수 있어요. 할머니 진짜 잘 그리세요. 다시 해 보세요."

"글쎄, 어느 날 기분이 내키면 그릴 수도 있겠지. 어쨌거나 그 당시에 나는 고집이 어마어마해서 울고 싶으면서도 절대 안 울기로 결심했단다. 그래서 작별 인사를 하면서 부모님 얼굴도 안 쳐다봤지. 절대 안 놓을 것처럼 엄마를 꼭 붙잡았던 게 생각나는구나. 그때 군인들이 우리를 기차로 몰기 시작했어. 이리저리 마구 떠밀렸지. 나는 발을 헛디뎌서 깔려 버렸는데 결국은 어찌어찌 객실 안으로 들어가게 됐어. 난 그때까지 기차를 타 본 적이 없었단다. 기차가 어떻게 굴러가는지 또 앞으로 무슨 일이 생길지 감도 잡을 수가 없었지. 그 순간 깨달았어. 정말 특별한 여정이 되리라는 걸.

객실엔 빈자리가 없었단다. 우리 역에 도착하기 전에 다른 마을을 거쳐 왔기 때문인 것 같았어. 발 사이에 여행 가방을 끼우고 서서 붙잡을 걸 찾고 있는데 친절한 목소리가 들렸어.

'와서 앉아. 난 쭉 앉아서 왔으니까 이젠 네 차례야.'

고개를 들자 나보다 두어 살 많아 보이는 남자아이와 눈이 마주쳤단다. 금발에 주근깨가 있고 밭일을 오래 한 듯한 체격이었어. 남자애가 싱긋 웃는데 그날 들어 처음으로 본 미소란 걸 깨달았지. 이번엔 옆의 다른 남자애가 말했어.

'그거 이리 줘.'

그 애는 내 가방을 가져가더니 머리 위 선반에 겨우겨우 자리를 만들어 올렸어. 이 아이는 주근깨 남자애보다 진지한 얼굴이었어. 아마 안경하고 두꺼운 모직 양복 때문에 그랬을 거야. 무척 불편해 보였거든. 이마에 맺힌 땀을 보면서 왜 넥타이도 안 풀고 있나 생각했단다.

'난 아담이야. 이쪽은 헨리크.'

남자아이가 말했어.

여전히 두렵기는 했지만 그 애들을 보니까 마음이 한결 나아졌어. 내 짐작대로 헨리크는 농장에서 일하는 아이고, 아담은 우리 동네에서 그리 멀지 않은 마을의 의사 아들이었지. 같은 학교에 다닌다고 하는데 서로 달라도 그렇게 다를 수가 없었단다. 내가 객실에 들어갔을 때도 기차가 어디로 향하는지를 놓고 다투고 있었어."

"어디로 향한다고 생각했는데요?"

나는 어떤 답이 돌아올지 두려움에 떨며 물었다.

"헨리크는 적군이 우리를 데려다 자기네 군대에 합류시킬 거라고 했어. 계속해서 발을 쿵쿵 구르며 자기는 거부할 거라고 했지.

아담은 말했어.

'무슨 소리야. 왜 우릴 자기네 군대에 넣어, 바보. 그쪽 명분을 따르지 않는 사람들한테 왜 그쪽을 위해 싸우라고 하겠어? 우릴 강제 노동 수용소에 보내려는 거야. 내가 들은 얘기가 있어. 군수 물자를 대려면 식량을 어마어마하게 생산해야한대. 그래서 우리를 커다란 농장에 데려다가 뼛골이 빠지게일을 시킬 거라고. 무자비하게 효율적인 일꾼만 필요한 거지. 그래서 효율이 떨어지면…… 바로 없애 버린대.'

객실 반대편 끝에 어린 여자애들 한 무리가 있었는데 우리얘기를 듣고 있는 게 뻔히 보였단다. 그래서 우리는 목소리를 낮췄지. 아담과 헨리크는 사람들을 모조리 공포에 몰아넣을 생각은 없었어.

'왜 하필 우릴 고른 거야?'

내가 물으니까 아담이 그러더구나.

'주위를 좀 봐. 하나같이 탄탄하고 건강하고 젊잖아. 나이든 어른은 일을 빨리 못하고 어린애들은 아무 쓸모가 없다고 생각했겠지. 뭘 하는지도 모르고 울어 대기나 할 테니까.'

아담은 상황을 속속들이 아는 눈치였어. 그래서 아담이라면 밀라가 있는 곳을 알아내는 데 도움을 줄지도 모르겠다는 생각이 들었어. 난 전날 성당 마당에서 일어난 일을 얘기했어. 그런데 얘기를 하자마자 곧바로 주워 담고 싶었단다."

"왜요? 뭐라 그랬는데요?"

내가 아니아 할머니에게 물었다. 마음속의 두려움이 새로운 단계로 올라섰다.

"아담이 나를 묘한 눈으로 보더니 말했어.

'별로 좋은 생각 같진 않은데. 친구 찾는 거 말이야. 우리가 가는 곳도 험한데 네 친구가 간 곳은 훨씬, 훨씬 험한 곳이야. 우리 아버지가 들은 얘기가 많아. 도시 안에 유대인만 모아 두는 특별한 마을을 만들어 담장을 높이 쌓고 철조망을 둘러서 바깥세상하고 분리해 놨대. 그래서 아무도 못 드나든다는 거야. 그 안에서 사람들이 굶어 죽고 있대. 그게 아니라도 병들어 죽을 거고. 지금 그 안에 끔찍한 티푸스가 돌고 있거든. 네 친구는 다른 데로 갔을 수도 있지만 결국은 그 비슷한 데로 갔을 거야.'

나는 아담의 입을 틀어막아 그 무시무시한 말을 멈추고 싶었단다. 사실이 아니라고, 그럴 리 없다고 말이야. 우리 아빠가 러시아 친구한테서 받은 이상한 책에 나오는 미래의 모습 같았어. 아담이 어디서 비슷한 걸 읽고는 그따위 얘기를 떠들면서 공포를 퍼뜨리려는 것 같았어. 난 화가 머리 꼭대기까지 났단다.

'우리 겁주려고 그러는 거지? 네 말을 어떻게 믿어?'

내가 고함을 지르는데도 아담은 눈살을 찌푸리면서 나를 보기만 했어. 자기 말을 믿건 말건 어쩔 수 없다는 얼굴이었지. 그 표정을 보니까 불안감이 덮치면서 속이 울렁거렸어. 아담의 말이 진실이라는 걸, 적어도 진실에 가깝다는 걸 깨달았거든.

나는 아담에게도 헨리크에게도 눈길을 안 주고 한참을 창밖으로 변하는 들판 풍경만 바라봤단다. 저 멀리 여러 빛깔의 작물들이 보였어. 연한 노란빛 밀, 은은한 금빛 보리, 연둣빛 호밀. 밭에서 농부들이 낫을 들고 일하는 게 조그맣게 눈에 띄었어. 마치 바삐 움직이는 작은 벌레들 같았지. 그리고 기차가 속력을 늦추자 건초 더미와 그 위에서 방방 뛰는 여자애들 한 무리가 보였단다. 한 남자가 화를 내면서 쫓아내려고 하니까 아이들이 까르르 웃었어.

건초 더미와 바람에 잎사귀를 바스락대면서 반듯하게 늘어선 자작나무들 너머에 사람들을 잡아다 벽 뒤에 가두고 죽게 내버려 두는, 어쩌면 죽기를 바라는 자들이 있다는 게 상상도 안 됐단다."

"너무 끔찍해요. 그런데 왜죠? 도대체 왜 그러는 거예요?"

"나도 스스로 같은 질문을 했단다, 캣. 그리고 내가 무슨 일을 하려는 건지 두려워서 소스라치게 놀랐단다. 내가 큰 소리를 낸 모양이야. 객실 안의 사람들이 모조리 나를 바라봤거든.

그때 한동안 말이 없던 헨리크가 아담한테 뭐라고 귓속말을 하니까 아담이 고개를 끄덕였어. 헨리크는 왼손으로는 내가방을 들고 오른손을 나한테 내밀면서 따라오라고 하더구나.

우리 셋은 객실 문을 열고 복도를 지났단다. 사람들이 꽉꽉 들어차서 바깥문까지 가는 동안 발을 수백 개는 밟았을 거야. 문간 쪽은 창문이 제대로 안 닫혀서 찬 바람 때문에 웬만하면 아무도 앉으려 들지 않았어. 차라리 사람들 사이에 끼어서 따뜻하게 있으려고 했지. 그곳이 기차를 통틀어 유일하게 사람이 없는 곳인 것 같았어.

'뭐 하는 거야? 여긴 왜 와? 얼어 죽겠어!'

내가 목소리를 낮춰서 말하니까 헨리크가 대꾸했어.

'우리한테 계획이 있어. 그런데 먼저 약속해. 네가 우리 계획에 동의 안 하더라도 절대 누구에게도 말하면 안 돼. 네 친구 밀라의 목숨을 걸고 맹세해.'

'맹세할게.'

두 사람을 만난 지는 얼마 안 됐지만 헨리크와 아담의 얼굴에는 뭔가 믿을 만하다는 느낌이 있었어. 앞으로 닥칠 상황에 대해서 조금이나마 제대로 파악하고 있는 몇 안 되는 사람들이기도 했고.

그런데 그다음엔 상상도 못 한 말이 기다리고 있었단다.

'우리, 뛰어내릴 거야.'

아담이 말했어.

'뭐?'

난 잘못 들었나 했지. 객실에는 바람이 횡횡 몰아치고 기차는 선로 위에서 덜컹거렸으니까.

'뛰어내릴 거라고.'

아담이 되풀이했어.

'어제 이 기차를 타야 한다는 걸 안 순간부터 계획한 거야. 우리 삼촌이 기관사라서 기차가 어떻게 움직이는지 조금은 알아. 다음 역에 도착하기 전에는 속도를 늦추니까 방법은 그때를 노려서 뛰어내리는 거야.'

'미쳤어.'

내가 말하니까 헨리크가 대꾸했어.

'아니. 진짜 미친 짓은 이 기차를 계속 타고 가는 거야. 제대로만 하면 괜찮아. 점프에 성공만 하면 도망칠 수 있어.'

'성공 못 하면?'

내가 물었어.

'그런 건 선택지에 없어. 유일하게 남은 문제는 네가 같이 뛸 건지 말 건지야.'

헨리크가 말했어."

"그래서요? 뛰어내렸죠, 그죠?"

내가 물었다. 손톱이 팔뚝을 파고들었다.

아니야 할머니는 고개를 끄덕였다.

"아담은 결정하기까지 6분의 시간이 있다고 했단다. 그게 다음 역까지의 거리라고. 아담의 계획은 뛰어내려서 도망친 다음에 근처 농장에서 일을 하며 지내는 거였어. 상황이 안전해져서 집에 돌아갈 수 있을 때까지.

'이게 네 목숨을 구하고 네 친구를 찾을 유일한 기회야. 이런 첫발도 못 떼면 어떻게 담장을 넘어서 친구를 찾을 건데?'

아담이 물었어.

결국 내가 결심하게 된 건 이 질문 때문이었던 것 같아.

'할게.'

나는 눈을 꼭 감고 대답했단다.

우리는 가까이에 군인들이 있는지 귀를 기울여서 확인했어. 그런 다음 아담이 주머니칼을 꺼내서 문의 열쇠 구멍에 넣고 이리저리 돌렸어. 처음엔 아무리 해도 안 열리는 것 같았어. 계획이 뜻대로 안 되나 싶어서 안도감이 밀려들었단다. 그런데 바람이 확 들이치면서 문이 벌컥 열렸어. 아담이 먼저 나섰어. 난 기차 안쪽 벽을 붙잡고 서서 속도를 가늠하는 아담의 다리를 지켜보았어. 아담의 말은 맞았어. 발밑에서 일정하게 덜컹대는 소리가 점점 느려지는 게 느껴졌어. 그때 아담이 고개를 까딱하면서 지금이라고 신호를 했지. 난 보는 사람이 없는지 확인하려고 뒤를 돌아봤어. 그리고 다시 고개를 돌렸더니 아담이 없었어.

 헨리크가 내 손을 꽉 잡더니 있는 힘껏 앞을 향해 높이 잡아당겼어. 방금 흙투성이 나무 바닥에 있던 발이 다음 순간 훅 밀려드는 상쾌한 가을 공기 사이에 떠 있었어. 그 찰나의 순간에 나는 가볍고 자유롭고 행복했단다. 그러곤 땅에 떨어졌고 세상이 까맣게 변했지."

수영 시간

아니아 할머니의 기차 점프 이야기를 들은 밤, 나는 허공을 가르며 뛰어내리는 꿈을 꾸었다. 인피니십 끝에서 떨어져 우주 공간을 빙글빙글 누볐고 소행성과 행성들이 내 주변을 맴돌며 눈길 닿는 곳 끝까지 펼쳐졌다. 이상하게도 무섭지가 않았는데 그건 누군가의 손을 꼭 잡고 있기 때문이었다. 왼쪽을 바라보자 손의 주인은 줄리어스였다. 줄리어스가 내게 미소를 지어 보였고 나는 안심이 됐다.

다음 주, 이번 학기 첫 수영 수업이 시작되고 다이빙 연습을 하던 날 나는 이 꿈을 떠올렸다. 나는 수영엔 영 소질이 없었다. 기를 쓰고 평영을 해도 레인의 절반도 못 가서 나가떨어졌다. 그렇지만 그건 적어도 그룹으로 뭔가를 할 필요도 없고 한 시간 내내 말 한마디 안 해도 된다는 뜻이었다.

젬은 수영이라면 죽고 못 산다. 어릴 때부터 계속해 왔고 실력도 어마어마했다. 초등학교 때는 주니어 선수권 대회 세 곳에서 우승했다. 그러다 남동생이 태어나고 엄마가 수영 클럽에 데려다줄 시간이 없어지자 젬은 나에게 토요일마다 동네 수영장에 가자고 했다. 우리 아빠가 젬과 나를 데려다주고 데려왔다. 물론 나는 젬 때문에 갔다. 수영장에서의 매 순간이 몸서리치게 싫었다. 아빠에게는 재미있다고 우겼지만. 그냥 뜨는 것만 해도 바닥에 발이 안 닿을까, 가라앉으면 어쩌나 하는 걱정이 떠나질 않았다.

학교 수영 시간이면 젬은 늘 실력을 과시하며 남자애들과 시합하려고 했다. 아무도 자기보다 빠른 애가 없다는 걸 잘 알면서 그랬다. 드러내 놓고 말한 적은 없지만 젬의 장기 목표는 주 선수권 대회에 학교 대표로 출전하는 것이었다. 한 학년에서 남녀 각 한 명씩만 선발하는데, 현재 8학년에선 젬과 역시 말도 안 되게 잘하는 8N 반의 폴 밀러가 대표였다.

다들 좀 무서워하는 레너드 수영 선생님은 평소처럼 실력과 스피드를 기준으로 아이들을 세 그룹으로 나누었다. 우리는 각자 자기가 속한 레인으로 갔다.

"우선 몸풀기로 갈 때 크롤, 올 때 평영을 번갈아 하면서 레인 끝까지 열 번 왔다 갔다 한다."

선생님이 양손을 비비며 말했다. 나는 나중에 선생님을 걸 38 에피소드에 악당으로 써야겠다고 머릿속에 입력했다.

"출발하는 순간부터 최고를 보여 주길 바란다. 기억하지? 우리의 목표는 뭐다? 스피드, 스타일 그리고?"

"스태미나."

젬이 능숙하게 물속으로 미끄러져 들어가며 문장을 맺었다. 젬은 최근 용돈을 모아서 물속을 보다 빨리 가르고 나갈 수 있는 특별한 수영모를 샀다. 매초가 중요하니까.

"그렇지, 젬. 다들 명심하도록."

"안녕하세요. 새로 전학 왔는데요."

줄리어스가 어처구니없이 커다란 수영복 바지를 입고 수영장 끄트머리에 서서 말했다. 줄리어스의 수영복은 아무도 못 잡아당기게 하려는 듯 허리에 단단히 끈이 묶여 있었다. 경계를 늦춰선 안 된다는 걸 드디어 깨달은 모양이었다.

"아, 그래. 줄리어스지? 좋아. 어느 레인에서 할래? 빠른 레인, 중간 레인, 느린 레인? 본인이 평가하기에 어느 정도 실력일까?"

"어, 뭐, 꽤 빠른 편 같아요."

"그럼 중간 레인으로 가."

레너드 선생님이 지시했다.

나는 느린 레인의 가장 끝인지 확인하며 루비 뒤로 갔다. 루비도 나 못지않게 형편없었다. 루비가 헤엄을 치면 긴 두 다리가 사방으로 덤벼드는 듯해서 멀찍이 거리를 두고 뒤따랐다. 나는 힘겹게 크롤 영법을 시도하며 출발했지만 스트로크 몇 번 만에 어느새 호흡이 엉망이 되었다. 레인의 반쯤 다다랐을 때 삑 휘슬이 울리더니 레너드 선생님이 소리쳤다.

"줄리어스, 빠른 레인으로 옮겨."

레인 끝에서 반대 방향으로 다시 출발하자 긴장이 풀리면서 나는 일정한 리듬으로 평영을 시작했다. 팔 당기고, 고개 들고, 고개 숙이고, 발차기. 다 괜찮아질 거다. 젬도 줄리어스를 그만큼 망신 줬으니 이제 심드렁해지겠지. 그러면 어느 순간 나도 줄리어스에게 사과하고 좀 지나쳤지만 그냥 장난이었다고 말할 기회가 오지 않을까. 그러면 좋겠다. 아니아 할머니는 뭘 하고 있을까? 동그랗게 웅크린 체스터를 발치에 두고 그림을 그리며 하루를 보내고 있을까? 집 안에 가득한 수백 권의 책들을 읽을까? 밀라와 어렸을 적 함께 겪은 일들을 떠올리며 생각에 잠겼을까? 할머니는 밀라에게 편지도 썼겠지? 아직도 어떤 사람들은 편지를 쓰니까.

언젠가 국립 박물관으로 체험 학습을 갔을 때 연애편지와 함께 묻힌 파라오 미라를 본 적이 있다. 상형 문자로 쓴 편지는 돌돌 말린 채 파라오의 머리맡에서 오천 년 넘게 살아남았다. 나는 진열장 유리 너머의 편지를 바라보며 편지를 쓴 사람이 둘의 사랑이 수천 년을 살아 이제 전 세계 방문객들에게 전시되고 있다는 걸 알면 얼마나 좋을까 생각했다.

걸 38의 세상 같은 곳엔 편지 따위는 없겠지. 지금 우리가 쓰는 방식의 이메일도 없을지 모른다. 어쩌면 모든 사람이 팔뚝에 작은 칩을 이식해서 그 칩을 통해 메시지가 전달되지 않을까. 피부에 찌릿하고 전기가 느껴지면 누군가 메시지를 보냈다는 걸 아는 식으로.

계속 이런 생각을 하면서 드디어 몸풀기를 마치는데 레너드 선생님이 모두 물 밖으로 나오라고 지시하는 것이 보였다.

"자, 다들 와서 모인다."

선생님의 얼굴에는 한 번도 본 적 없는 색다른 표정이 어려 있었고 나는 그것이 극도의 흥분이란 걸 알아챘다. 선생님의 덥수룩한 까만 눈썹이 브이 자로 가파른 각을 만들었다.

"줄리어스, 넌 나오지 말고 그대로 있어."

우리는 바들바들 떨며 옆에 서서 깊은 쪽 모서리를 잡고 매달린 줄리어스를 바라보았다.

뭔가 잘못되고 있다는 걸 직감적으로 알았다. 어떻게 자꾸만 줄리어스 혼자 튀는 일이 벌어질까? 우리에게 말도 안 하고 젬이 함정에 빠뜨린 걸까? 젬이 '우연을 가장하여' 줄리어스를 차 버리자 줄리어스가 반대편 누군가와 충돌하는 장면이 머리에 떠올랐다. 그러나 젬은 관련 없는 일로 밝혀졌다.

"자, 다들 줄리어스가 크롤로 레인을 왕복하는 걸 잘 지켜

보도록. 특히 호흡, 플립 턴 그리고 벽을 찬 다음 물속에서 글라이딩 하는 모습을 주의해서 보길 바란다. 대단히 인상적이란 걸 인정하게 될 거다. 줄리어스, 준비되면……."

모두 지켜보는 가운데 줄리어스가 반대편 수영장 벽을 밀며 출발했다. 선생님이 초시계를 눌렀다. 초반 3분의 1을 지나는 동안은 유유히 물속을 미끄러지는 줄리어스의 등만 보였다. 수족관에 가면 엄마가 늘 신나서 바라보는 뱀장어 같았다.

그러다 줄리어스는 전보다 격렬하게 발차기를 하며 스트로크 세 번마다 한 번씩 고개를 이쪽저쪽으로 돌렸다. 우리쪽 끝에 도착해서는 (진짜 프로 선수처럼) 사선으로 벽을 찍고 플립 턴을 한 다음 다시 출발했다. 마치 올림픽 수영 선수를 보는 것 같았다. 수영모도 없이 아빠 걸 빌려 입은 것 같은 거대한 수영복을 입은 선수.

"35.5초! 대단해!"

레너드 선생님이 초시계를 보며 소리쳤다. 선생님이 그렇게 신나 하는 모습은 본 적이 없는 것 같았다.

"와! 파이팅!"

고개를 돌리자 아룬이 환호성을 지르고 남자애들 몇 명이 미친 듯이 박수를 치고 있었다. 등줄기가 서늘해졌다.

"우리 학교에선 아직 35초 근처에 간 애도 없었다."

레너드 선생님이 다시 우리 쪽으로 걸어오며 설명했다.

"그 말은 이번 선수권 대회에서 실제로 입상 가능성이 있다는 뜻이지. 혹시 예전 학교에서 주 대표 선수였니?"

선생님이 줄리어스에게 물었다. 이제 보니 줄리어스는 물안경도 안 쓰고 있었다.

"네?"

"당연히 무슨 팀에서 뛰었을 거 아니야?"

줄리어스는 외국어라도 듣는 얼굴로 선생님을 처다봤다.

"그냥 어렸을 때부터 형이랑 옐의 바닷가에서 수영했는데요. 형이 수영을 가르쳐 줬어요. 그러다 몇 년 전에 학교 근처에 큰 수영장이 생겨서 거기 다녔어요. 바다에서 하다 보니까 수영장에서 하는 건 한결 쉽더라고요. 파도도 없고 따뜻하기도 하고요."

"좋은 코치 선생님이 계셨던 모양이지?"

"아니요. 그냥 내 친구 테리랑 토요일마다 다녔는데요. 둘이서 시합했어요. 맨날 걔가 이겼는데 여기로 이사 오기 전에 마지막으로 제가 이겼어요. 근데 아무래도 봐준 것 같아요. 제가 가니까."

"점심시간에 나 좀 보자. 내가 보기엔 가능성이 대단해. 몇가지 의논할 게 있다."

레너드 선생님이 말했다.

다시 물속으로 들어가는데 토할 듯 심장이 불길하게 뛰기 시작했다. 줄리어스는 대표 팀에 뽑힐 거다. 젬보다 최소한 5초는 빠른데 애쓰지 않고도 그 정도니까 당연히 폴 밀러의 자리를 대신할 거다. 그래도 젬은 여자 대표로 선수권 대회에 출전하겠지만 스타는 줄리어스가 될 게 뻔하다. 레너드 선생님이 저렇게까지 열광하는 걸 보면 줄리어스는 그 이상이 될 수도 있다. 우리 학년에서 가장 빠른 선수가 아니라 전교에서 가장 빠른 선수가 될지도 모른다.

마음 한편으론 젬이 그냥 넘어갈지도 모른다는 희망을 품었다. 사실 작정하고 젬을 이기려 든 것도 아니니까. 줄리어스는 선수권 대회가 있는지도 몰랐다. 하지만 나는 곧 알았다. 그런 건 아무 상관 없다는 걸. 오히려 상황을 훨씬 심각하게 만들었다는 걸. 아룬이 레너드 선생님 뒤에서 걸어가는 줄리어스의 등을 격려하듯 툭 쳤다. 그 모습을 보는 젬은 그 어느 때보다 활활 타올랐다.

전화번호

"대단하네, 저 등신 자식."

같은 주의 어느 날 점심 테이블에 앉아 있는데 젬이 줄리어스를 힐끔대며 말했다. 수영 수업 얘기인 줄 알았는데 젬이 계속했다.

"무슨 짓을 해도 아무렇지 않은 척하잖아. 그런데 난 알아. 본심은 아니야. 구더기도 징글징글했고 웃기는 코스튬 입고 온 것도 속으론 쪽팔려 죽을 지경일 거야."

"최소한 담임한테 가정 통신문 얘긴 안 한 것 같아."

딜리가 말했다. 딜리는 항상 혼나는 걸 무서워했다.

"제대로 손봐 주지 그래."

샐러드에서 토마토 조각을 골라내며 루비가 말했다. 루비는 배고픈 법이 없고 양상추 이파리만 먹고 사는 것 같았다.

"나한테 생각이 있어. 정체를 감추고 걔한테 푹 빠진 척 미스터리 걸 연기를 하는 거야. 걔 그런 거 딱 좋아할 타입이잖아. 완전 반한 것처럼 은밀한 메시지를 자꾸 보내서 결국 만나게 만드는 거지. 걔가 '미스터리 여친'하고 만날 준비를 할 거 아니야? 그럼 특별한 장소로 나오라고 말해. 애들 잔뜩 모인 데로 불러내서 여자 친구는 안 나타나고 아주 바보로 만드는 거지. 완벽하지 않아? 어때?"

루비가 젬을 봤다. 젬이 자기 아이디어를 마음에 들어 하길, 어떻게 그런 기특한 생각을 해냈냐며 칭찬해 주길 바라는 얼굴이었다. 루비는 초조한 듯 땋은 머리 한 가닥을 손가락에 빙빙 감았다. 순간 나도 같은 표정을 자주 했다는 걸 깨닫고 오싹했다.

젬은 느릿느릿 음식을 씹으며 일부러 우리를 기다리게 했다.

"나쁜 계획은 아니네. 그래도 더 효과적일 수 있게 생각은 좀 해 봐야겠어. 그사이에 걔 전화번호를 알아내야 해. 쓸모가 있을 거야. 확실해. 캣, 며칠 안으로 알아 와."

"뭐? 왜 나야?"

지나치게 빠른 대꾸였다.

내 불평에 젬이 미간을 찌푸렸다.

"걔 이미 너한테 뭐 있어. 누가 봐도 그래. 지난주 역사 시간 끝나고도 너한테 말 걸었잖아. 기억 안 나? 나 그때 걔가

101

너 좋아하는 줄 알았잖아. 그거 있잖아. 진짜로 좋아하는 거. 무슨 말인지 알지?”

아이들이 빵 터져서 웃었다. 세상에서 가장 웃기는 일이라는 듯.

젬이 계속했다.

“그리고 메시지, 그것도 네가 보낸 것처럼 써야 해. 네가 자기한테 완전 빠진 줄 알고 난리 날 거야. 그래야 나중에 밝혀졌을 때 타격이 두 배가 될 거 아니야? 아픈 데를 제대로 찔러야지!”

젬이 어떻게 이렇게 생각이 착착 떠오르는지 좋아 죽겠다는 듯 말했다.

내 입에서 공포에 질린 웃음이 피식 터져 나왔다.

“말도 안 돼. 걔 나 그런 식으로 좋아하는 거 아니야. 익명으로 해. 미스터리 걸. 그게 훨씬 재미있어.”

“최대한 빨리 전화번호 알아내고 언제 시작할지 알려 줘.”

젬은 막무가내였다.

“못 알아내면 어떡해?”

줄리어스가 날 믿을 리 없다는 걸 증명하기 위해 버스 정거장에서 줄리어스와 나눈 대화를 말할까도 생각했다. 그러지 않은 유일한 이유는 내가 연루된 걸 들통 냈다고 젬이 뭐라고 할까 봐서였다. 줄리어스가 내 말을 선생님들에게 전했다면 바로 젬까지 의심받았을 거다. 우리는 뭐든지 쌍으로 움직이는 걸 알고 있으니까.

"바보 같은 소리. 네가 전화번호 물어보면 좋아 죽을걸? 어떻게 나에게 이런 행운이, 뭐 그런 거?"

"나 못 하겠……."

하지만 젬은 더 이상 듣지 않았다. 젬의 시선은 식당을 가로질러 아룬 무리가 앉아 있는 저편 테이블을 헤맸다. 아이들은 아직 체육복 차림이었고 럭비 클럽을 막 마치고 돌아와 서로 끝없이 손바닥을 맞부딪치며 일부러 관심을 끌고 있었다.

"제대로 눌러 주자! 녀석들, 오늘 저녁 경기장에서 뭐가 기다리는지 꿈에도 모를 거야!"

아룬이 소리쳤다.

"무슨 일이야?"

딜리가 물었다.

"오늘 저녁에 럭비 토너먼트 결승전이 있어. 쟤네 이길 것 같아. 잘해. 아룬이 주장이야. 종합 운동장에서 분명 상 받을 거야."

느닷없이 젬이 눈가가 촉촉해지더니 고개를 돌렸다. 순간 우는 건가 했는데 젬은 헛기침을 하더니 급하게 감자칩 한 움큼을 입에 넣었다.

젬이 종합 운동장 얘기를 한 이유가 머리를 스친 것은 그때였다. 그곳의 수영 스타 자리는 젬의 것이었다. 하지만 이제 모두의 관심은 (어쩌면 아룬까지도) 줄리어스에게로 향할 거다.

"오늘 저녁에 전화번호 알아낼 거지?"

젬이 내 얼굴은 쳐다보지 않고 말했다.

"해 볼게."

＊

그날 학교를 나올 때 줄리어스의 전화번호를 물을 생각은 아예 마음속에 있지도 않았다. 젬에게는 말을 걸었는데 무시당했다고 할 작정이었다. 실제로는 줄리어스와 부딪치지 않도록 만반의 계획을 세워 놓았다. 정거장도 피해서 집까지 걸어갈 생각이었다. 한참을 걸어야겠지만 난 절박했다.

하지만 안타깝게도 상황은 그렇게 흘러가지 않았다.

"야, 기다려!"

심장이 쿵 내려앉았다. 줄리어스가 나를 쫓아 급하게 길을 건넜다. 희도록 밝은 금발 머리가 구름처럼 움직였다. 내가 못 들은 걸로 생각하길 바라며 계속 걸었지만 몇 초 뒤 줄리어스는 내 옆에 있었다.

“야.”

아무 일도 없던 것처럼 줄리어스가 다시 불렀다.

“오늘 잘 지냈어?”

나는 줄리어스를 바라봤다.

이 아이는 왜 화를 안 내는 걸까? 나라면 폭발해 버렸을 텐데. 만화로 그리자면 귀에서 김이 팍팍 나왔을 거다.

“뭐, 그럭저럭. 너는?”

“엄청 좋았지. 레너드 선생님이랑 따로 훈련을 했거든. 수영은 진짜 끝내줘. 지난주 일 때문에 기분이 좀 그랬는데 훨씬 좋아졌어. 코스튬 일은 진짜 제대로 멍청이 같았잖아. 근데 그냥 장난이란 걸 알았어. 원래 전학생한테는 그러나 봐? 예전 학교 근처에 부두가 있었는데 뱃사람들도 새로 어부가 오면 신고식을 해. 처음 배 타는 날 얼음장 같은 물속에 밀어 넣어 버리거든. 외투랑 장화랑 싹 다. 끔찍하지. 한 명은 결국 폐렴에 걸려서 병원 신세도 졌다니까. 난 프로도 복장을 하고도 쪼끔 놀림받는 거로 끝났으니까 운이 좋았어.”

들뜬 줄리어스는 어느 때보다 억양이 강했고 내가 아는 누구보다 말이 빨랐다. 줄리어스의 머리는 온통 흥분으로 윙윙거려서 자신에게 벌어졌던 괴로운 일 따위는 생각할 겨를이 없는 듯했다.

“수영 선수권 대회 일은 잘됐다. 멋져. 진짜 힘든 일이잖

아. 나는 네 기록 두 배가 지나도 50미터도 못 갈 거야."

나는 최대한 열정적인 척 애를 쓰며 말했다.

"아니야. 그리고 그렇다고 해도 그게 뭐가 중요해. 너도 아주 잘하는 일이 엄청 많잖아. 그건 똑똑히 말할 수 있어. 내가 사람을 잘 보거든."

얼굴로 후끈 열이 올랐다. 하지만 줄리어스는 알아채지 못한 눈치였다.

"저기, 언제 우리 집에 놀러 올래?"

"뭐?"

"우리 엄마가 눈만 마주치면 집에 새 친구 좀 데려오라 그래 가지고. 집 되게 커. 우리 할머니 집인데 이제 거동을 잘 못 하셔서 돌봐 드리려고 왔어. 이렇게 큰 집에선 처음 살아 봐. 옐에 살 때는 쪼그만 빨간색 농가 주택에서 우리 네 식구가 살았어. 이제 형은 대학 갔고 아빠는 아직 옐에 있고 엄마랑 나는 여기서 살아."

"안타깝다."

줄리어스는 할머니를 두고 한 말이라 여겼겠지만 내 머릿속에서 그 말은 훨씬 더 많은 뜻을 지니고 있었다. 나는 줄리어스에게 진실을 말하고 싶었다. 나의 고백은 혀끝에 걸린 채 입이 열리기만 기다리고 있었다. 나는 입을 열었다가 도로 꾹 다물었다. 도저히 할 수가 없었다.

"괜찮으실 거야. 조금만 도와드리면 될 것 같아."

"아빠 보고 싶어?"

"어, 엄청. 우리 형도. 같이 있으면 대체로 짜증 나기는 하지만. 그래도 크리스마스에는 다 같이 모일 계획이야. 엄청 신날 거야. 어쨌든 우리 집에 올 생각 있어? 주피터클로스길 7번지야. 시내 바로 옆이야."

"어, 그래. 나중에 알려 줄게."

"전화번호 좀 가르쳐 줄래?"

나는 내 번호를 불러 주었고, 잠시 뒤 줄리어스의 번호로 메시지가 왔다.

"자, 그게 내 전화번호야."

젬이 맡긴 임무를 이렇게 순식간에 완수하다니 믿기지가 않았다. 그런데 마음이 놓이기는커녕 참담했다.

"고마워."

나는 대꾸했다. 달리 뭘 할 수 있을까? 그리고 정거장에 다다라선 "난 오늘 걸어갈 거야."라고 말하고는 줄리어스가 대꾸할 겨를도 없이 미친 사람처럼 손을 흔들며 시속 150킬로미터로 길을 따라 달렸다.

우유 수레

공원을 통과해서 집으로 걸었다. 어떻게 할지 생각할 시간을 벌 계획이었지만 머릿속이 하얬다. 피가 날 때까지 거스러미를 또 뜯었다. 피는 손가락을 타고 주먹 뼈까지 흘렀다. 쭉 빨아 먹었다. 차가운 쇠 맛이 났다.

우리가 다녔던 유치원을 지났다. 공원 가장자리의 커다란 놀이터 옆이었다. 놀이터에는 애들이 거의 없었는데 네 살쯤 돼 보이는 여자아이 두 명이 정글짐에서 놀고 있었다. 한 아이는 금발, 다른 아이는 짙은 색 머리였다. 어릴 적 젬과 나 같았다. 유치원 입구 왼쪽 창문 너머로 우리가 만난 교실이 보였다. 젬이 내게 친구 하자고 했던 교실.

그땐 뭐든지 참 쉽게만 보였다. 언제부터 이렇게 모든 게 어려워진 걸까?

난 집 방향으로 걸음을 옮겼다.

"캣 왔니?"

아니아 할머니가 아름다운 무늬의 스카프를 머리에 두르고 현관 앞에 앉아 있었다. 앵무새 머리 지팡이가 발치에 놓여 있었다. 순간 마음이 스르르 풀렸다.

"안녕하세요. 여기서 뭐 하세요?"

"생각 중. 종종 여기 나와서 생각도 하고 사람들 지나다니는 것도 보면 참 좋단다. 걷는 것만 봐도 어떤 사람인지 줄줄 말할 수 있을 것 같지. 가끔은 머릿속으로 짧은 이야기를 지어내기도 한단다. 고급 양복에 선글라스를 쓴 사업가를 보면 생각하는 거야. '저 사람은 변장한 국제 은행 강도다.' 이렇게. 너는? 뭘 하고 있었니?"

"저도 생각하는 중이었어요. 그럼…… 같이 생각할까요?"

"좋지. 누구랑 같이 생각하는 거 정말 좋아한단다."

아니아 할머니와 나는 잠시 말없이 앉아 있었다. 하지만 내가 진심으로 원하는 건 할머니의 이야기를 더 듣는 것이었다. 나는 할머니에게 다음 부분을 얘기해 달라고 했다. 할머니는 이야기를 시작했고 나는 끔찍한 현실에서 벗어나 할머니의 세계로 이동했다.

"기차에서 뛰어내린 데까지 하셨어요."

"그랬지. 모든 게 까맣게 변했다고 한 건 내가 의식을 잃어서였단다. 그런데 아주 잠시였어. 눈을 뜨니까 얼굴 두 개가 나를 내려다보고 있었어. 처음엔 누군지도 모르겠고 목소리도 고장 난 라디오처럼 들렸다 말았다 했어.

몇 분 지나니까 왼쪽 발목에 엄청난 통증이 밀려와 꼼짝도 못 하겠더구나. 그러더니 정신이 돌아오면서 그간의 일들이 다 기억났지. 군인들이 들이닥치고, 기차를 타고, 남자애들을 만나고, 뛰어내리고. 그리고 뭔가 잘못됐다는 걸 알았어.

'생각했던 도착 지점에서 너무 멀어.'

헨리크는 같은 말을 계속 반복하고 아담은 낮은 소리로 욕을 했지. 알고 보니까 너무 일찍 뛰어내려서 사람 사는 곳 근처에도 못 갔더구나.

'큰길로 나가야 해. 그래야 누구라도 만날 수 있어.'

아담이 말했단다."

"그런데 못 만나셨죠?"

"사람은커녕 길도 못 찾았단다. 우리는 걷고 또 걸었어. 내가 발목을 절룩거리는 바람에 그 아이들까지 더뎌져서 미안했지. 몇 시간이 지나자 통증이 어찌나 심한지 남자애들이 가운데 선 나를 부축하면서 걸어야 했어. 숲을 지나고 들판을 통과해서 걷다 보니 드디어 자갈길이 나타나더구나.

해 질 녘쯤에는 다들 기진맥진해서 길가 땅바닥에 벌러덩 드러누웠는데 눕기가 무섭게 바로 잠이 들었단다.

달가닥달가닥, 잠결에 무슨 소리가 들렸어. 진짜 들리는 건지, 뇌가 지쳐서 환청을 듣는 건지 분간이 안 됐단다. 메마른 사막에서 오아시스를 보는 사람들처럼 말이다. 그런데 말발굽 소리가 가까이 들려서 눈을 떠 보니 나이 든 여자가 우리 쪽으로 걸어오고 있지 뭐냐. 나이 든 여자라고는 했지만 지금의 나보다는 훨씬, 더 훨씬 어렸을 거다. 본인이 몇 살인지에 따라서 남의 나이도 아주 다르게 보이지 않니? 아마 쉰 살도 안 넘었지 싶어. 난 그 여자를 우리의 구세주라고 생각했단다.

아주머니는 남자애들하고 같이 나를 들어서 수레 뒤에 태웠어. 그러고는 우리를 우유 상자 사이에 앉힌 다음에 커다란 광목으로 덮었어. 드디어 돌봐 줄 사람을 만나니까 마음이 탁 풀려서 우리는 어린애들처럼 손을 꼭 잡고 가만히 앉아 있었단다. 난 이제 다 잘될 거라고 나 자신에게 얘기했어.”

아니아 할머니의 표정에서 그렇지 않았다는 걸 읽을 수 있었다. 나는 할머니 입에서 무슨 말이 나올지 겁이 나서 할머니의 손을 꼭 잡았다.

“몇 분이나 갔을까, 고함 소리가 들렸단다.

‘멈춰! 내려!’

억양이 강한 남자 목소리였어. 적군이라는 건 광목 밖을 내다보지 않아도 알 수 있었지. 다만 혼자인지 군대 전체인지는 알 수가 없었단다.

아주머니가 내리는 소리가 들렸어.

'어디 가는 길인가?'

그 무시무시한 목소리가 물었어.

'집이요. 여기서 멀지 않습니다. 왼쪽으로 돌면 금방이랍니다.'

아주머니의 목소리는 놀라울 만큼 차분했어.

'그럼 어디서 오는 길이지?'

'시장이죠. 소젖을 내다 팔았답니다.'

'아하, 젖. 젖을 내다 팔았다는군.'

목소리의 주인공이 놀리듯 따라 했어. 숨죽인 웃음소리가 터져 나왔어. 여러 명인 것이 확실했지.

'어디 보여 봐.'

별안간 한 목소리가 지시했어. 나는 숨이 목에 턱 막혔어.

'조머, 이 여자가 추잡한 거짓말쟁이인지 아닌지 확인해 봐.'

다 끝이었어. 이젠 죽는구나 싶었지. 그리고 죽기 전에 탈출한 대가로 고문당하는 장면이 떠올랐단다.

나는 숨도 못 쉬고 헨리크의 손을 꽉 쥐었어. 그때 광목이 우리 머리 위로 들려 올라가더니 얼굴 하나가 가만히 들여다봤어.

그 얼굴이 아직까지도 또렷해서 머리카락 한 올, 주름 하나까지 다 그릴 수 있을 정도란다. 사람들이 대체로 잘생겼다고 할 만한 얼굴은 아니었어. 중년이었고 칙칙한 갈색 머리에 수염이 덥수룩하고 왼쪽 볼에 물음표 모양의 흉터가 있었지. 그런데 눈빛은 깊고도 다정했어. 나를 보고 얼마나 놀랐는지 얼굴에 그대로 나타났단다. 남자애들은 제대로 보지도 못한 것 같았지. 내 얼굴하고 통통 부은 발목을 보더니 그냥 내 생각인지는 몰라도 고개를 살짝 젓는 듯했어. 그리고 손가락을 입술에 갖다 대더구나.

'뭐 재미난 것 좀 있나?'

끔찍한 목소리가 소리쳤어.

나는 그 남자를 빤히 마주 보면서 생각했어. 이제 내 자유는 끝이구나. 그 남자와 나 사이에 당장이라도 툭 끊어질 듯한 실처럼 침묵이 이어졌단다.

그때 놀랍게도 남자가 침착한 목소리로 대꾸했어.

'아니요. 아무것도 없습니다. 우유 상자뿐입니다.'라고."

"그냥 보내 줬다고요? 왜요?"

나는 믿기지가 않았다.

"나중에 수많은 날들 동안 나도 같은 질문을 했단다. 내가 그 남자 얼굴을 쳐다보니까 얼굴에 미소가 번졌어. 슬픈 미소였지. 짧은 순간이었지만 철저히 갈라진 적국의 두 사람이 하나가 된 듯 근사한 기분이 들었단다. 정말 근사한 기분

113

이었어.

'조심하라고.'

끔찍한 목소리가 아주머니에게 고함쳤어.

'그쪽 같은 아가씨가 혼자 돌아다니면 쓰겠어?'

남자가 다시 웃음을 터뜨렸는데 별안간 퍽 하고 피부와 피부가 맞부딪히는 소리가 났어. 남자가 아주머니를 때린 모양이었어. 소리와 동시에 아담의 몸이 딱딱하게 굳는 게 느껴졌어. 당장이라도 뛰쳐나가서 남자를 갈길 것 같았지. 헨리크랑 내가 간신히 붙들어 앉혔어. 곧이어 믿기지 않지만 달가닥달가닥 말발굽 소리가 들렸어. 우리는 다시 길을 출발했단다."

아니아 할머니는 잠시 이야기를 멈췄다. 나는 눈을 감고 할머니의 말을 기다렸다. 마음속의 나는 아직 할머니와 함께 수레 뒤에 앉아 낡은 광목 아래에서 기대에 찬 눈길로 조머 아저씨를 바라보고 있었다. 이 순간이 끝나는 게 싫었다.

"오늘은 여기까지 하는 게 좋겠구나."

할머니가 나지막이 말했다. 고개를 들자 할머니가 몸을 덥히려는 듯 두 손으로 반대편 어깨를 문지르는 모습이 보였다. 나는 할머니가 일어서는 것을 도우며 앵무새 지팡이를 집어 들었다. 그러곤 할머니를 집 안으로 데리고 들어가 선룸의 즐겨 앉는 자리에 앉혔다.

"그래서 그 남자를 '선한 군인'이라고 부르시는 거죠? 무시무시한 일을 저지른 적군인데도요?"

아니아 할머니의 얼굴에 환하게 웃음이 피어올랐고 나는 내가 정확히 맞혔다는 걸 알았다.

"그래, 생각해 보면 사실 어느 편인지가 중요한 건 아니지 않니? 그 군인 아저씨는 자기가 처한 상황에서 할 수 있는 선함과 친절함을 다 베풀었어. 우리를 둘러싼 세상은 어둠으로 가득했지만 아저씨의 마음속에는 어둠보다 더 많은 빛이 있었단다. 중요한 건 바로 그거란다. 우리가 인간에게 기대하는 건 그게 전부지."

문자 메시지

그날 밤 나는 좀처럼 잠을 이루지 못했다. 조머 아저씨가 아니아 할머니를 그냥 보내기로 한 이유는 가늠이 안 됐지만 자신이 믿는 바를 위해서 위험을 무릅쓴다는 게 엄청나게 용감한 행동이란 건 알 것 같았다.

이런 생각을 하면 할수록 점점 더 확실히 깨달았다. 나는 절대 용감하거나 좋은 사람으로 기억되지 못할 거라는 걸. 도리어 정반대일 거다. 눈을 감자 돌돌 말린 편지가 눈앞에 나타났다. 박물관 진열장 유리 뒤에 조심스레 놓인 편지. 진열장 주변으로 사람들이 빼곡히 모여들어 안내문을 읽으려고 서로 밀쳐 댔다.

가까스로 가까이 다가간 사람들이 넌더리를 치며 움찔했다. 몇 시간을 줄 선 끝에 드디어 앞자리로 가자 스캔을 뜬 김 선생님의 서명과 함께 익숙한 상징이 눈에 들어왔다. 그 순간 나는 깨달았다.

난 전시품의 제목을 읽었다.

'무고한 소년에게 보내는 가해자의 편지'.

아침을 먹으러 아래층으로 내려가서도 그 단어들이 내내 머릿속을 맴돌았다. 피곤해서 현기증이 났다.

"괜찮니, 우리 강아지?"

엄마가 물었다. 엄마 눈에도 내 얼굴이 엉망인 모양이었다.

"괜찮아."

말하고 싶지 않았다. 엄마와 아빠가 할 수 있는 일이 아무 것도 없다는 걸 알고 있었다.

식사를 끝내 가는데 초인종이 울렸다. 아빠가 나갔다.

"젬 왔구나. 이렇게 일찍 무슨 일이니?"

아빠의 목소리가 들렸다.

"캣이랑 같이 학교 가려고 좀 걸어왔어요."

젬이 부엌으로 들어서며 말했다.

"크루아상 먹을래?"

엄마가 물었다. 어떻게 엄마까지 젬이 얼마나 못되고 잔인한 애인지 꿰뚫어 보지 못하는 걸까?

"괜찮아요. 감사합니다. 아침 벌써 먹었어요."

젬은 나와 이야기가 하고 싶어서 들썩대고 있었다. 머리는 평소처럼 완벽하지 않았고 이마에는 땀 한 줄기가 반짝였다.

우리 집까지 줄곧 뛰어온 모양이었다.

우리 앞에 닥친 대화를 최대한 미룰 수 있도록 나는 부러 느릿느릿 가방을 챙겼다. 간신히 3분 정도를 번 것 같았다.

"알아냈어?"

문밖으로 나오기가 무섭게 젬이 물었다.

"어제 개랑 학교 앞에서 얘기하는 거 봤어. 잘했어. 번호 알았어?"

"응."

"좋았어. 대단한데. 어떻게 했어?"

버스에 오르며 젬이 진심으로 감탄하는 눈빛으로 나를 봤다.

나는 목소리를 낮추며 버스에 아는 사람이 있는지 위층과 아래층을 정신없이 훑었다. 뒤쪽에 우리 반 여자애 두 명이 보였지만 우리 얘기가 들리기엔 먼 거리였다.

"그냥 줬어. 개네 엄마가 새 친구들을 집으로 초대하라고 그랬대."

"와, 홀랑 넘어가네. 어쨌든 알아냈으면 됐어. 중요한 건 그거니까. 문자 메시지 뭐라고 보낼지 생각해 봤어. 일단 시작은 소소하게 할 거야. '있잖아, 계속 네 생각이 났어. 넌 정말 멋져. 전화번호 알려 줘서 고마워. ♥♥♥'"

"뭐? 왜? 그냥 몇 시에 어디로 나오라 그러면 안 돼?"

"네가 개한테 완전 꽂혔다는 걸 믿게 만들어야 할 거 아니야."

세상에서 가장 당연한 일이라는 듯 젬이 설명했다.

"오늘 아침에 보내. 그런 다음에 거기서부터 불려 가는 거지. 두 번째 메시지는 이렇게 보낼 거야. '너 처음 봤을 때부터 뭔가 마법 같은 게 있다고 생각했어.' 나 믿어. 내가 또 이런 일엔 선수니까."

"말도 안 돼. 진짜가 아닌 거 알 거야. 아무도 그런 말 안 믿어."

"개는 그냥 아무나가 아니잖아. 우주 최강 등신이지. 딱 개가 속아 넘어갈 만한 말이야. 자선기금 모금의 날도 믿었잖아. 안 그래?"

"그건 다르지. 그리고 나한테 말 걸면 어떡해?"

"아, 그래, 그게 문젠데. 만나기로 약속 잡을 때까지 피해 다녀. 너무 좋아 죽겠는데 부끄러운 거로 하자. 걱정할 필요 없게 내가 네 옆에 딱 붙어 다닐게. 개가 온다 싶으면 내가 멀찌감치 데리고 갈게."

"도대체 이런 걸 왜 해야 하는데?"

투덜대는 것처럼 물을 의도는 없었다.

"무슨 뜻이야, 캐서린?"

젬이 톡 쏘았다. 젬이 본명으로 나를 부르면 큰일 났다는 뜻이었다.

나를 보는 젬의 목소리가 놀랍게도 약간 떨렸다.

"어떻게 그런 말을 해? 걔가 보란 듯이 자기가 제일 잘난 척, 제일 똑똑한 척 돌아다니잖아. 은근히 나는 바보 만들고. 게다가 내가 제일 좋아하는 일에서 내가 받을 관심을 훔쳐 갔잖아."

얼마나 거슬렸는지 젬이 입 밖으로 인정한 건 처음이었다. 순간 손으로 입을 막은 거로 보아 자기도 모르게 튀어나온 눈치였다. 젬이 황급히 말을 이었다.

"그런 짓을 하고도 그냥 넘어갈 순 없지. 누군가는 분수를 알게 해 줘야 하고 그건 우리여야 해. 우리가 '루저 보이' 작전을 실행하는 이유가 바로 그거고. 그런데 넌 날 위해 나서기 싫다 이거야? 정 그렇다면 뭐 상관없어. 루비도 있고 딜리도 있으니까."

"잘됐네. 나 말고 둘 중 하나랑 해. 난 가짜 메시지 보내기 싫어! 걔가 믿지도 않겠지만 혹시라도 진짜로 믿으면 너무 잔인한 일이야."

젬에게 이런 말을 한 건 처음이었다. 머리가 기묘하게 핑 도는 느낌이었다.

젬은 충격을 받았다. 그리고 그 충격은 젬을 걷잡을 수 없는 분노로 몰아넣었다.

버스에 타고 가는 내내 그리고 내려서 학교까지 잠시 걷는 동안, 우리는 서로 눈도 마주치지 않았다.

교실로 들어가 자리에 앉고 나서야 젬이 입을 열었다.

"전화기 내놔!"

"싫어."

내 대답은 단호했다. 그러나 젬은 막을 겨를도 없이 내 손에서 휴대 전화를 가로챘다. 그러곤 연락처에서 줄리어스의 이름을 찾더니 문자 메시지를 쓰기 시작했다.

전화기를 뺏으려고 애를 썼지만 젬은 지나치게 빨랐다. 내 인내심의 끈이 끊어진 것은 그때였다. 격렬한 분노가 세차게 나를 훑었다. 이젠 끝이었다. 틈을 봐서 바로 줄리어스에게 진실을 말할 거다. 젬이 어떻게 생각하건 얼마나 화가 났건 이제 상관없었다.

젬이 '전송' 버튼을 누르자마자 줄리어스가 자리에 나타났다. 나는 책상 밑으로 웅크리고 가방에서 뭔가를 찾는 척했다. 줄리어스에게 말하는 건 생각보다 많이 힘들 거다.

오전 내내 나는 걸 38처럼 이글거리는 용암 위를 걷는 기분이었다. 사실 하루를 버텨 낼 유일한 방법은 걸 38인 척하는 것뿐이었다. 나는 발꿈치를 들고 이 교실 저 교실 이동하는 빌크를 피해 다녔다. 문제는 걸음이 빠른 빌크가 걸 38이 전혀 예상치 못한 곳에서 불쑥 등장한다는 것이었다.

중요한 것은 몸을 낮추고 끊임없이 빌크의 갈기를 살피는 것이다. 유달리 밝고 연한 노란색 갈기. 갈기가 눈에 띌 때마다 걸 38은 잡히지 않도록 조심하며 달나무 뒤로 숨었다.

젬은 계속 전화기를 돌려주려 들지 않았고 점심시간 전에 줄리어스에게 메시지를 하나 더 보냈다. 그쯤 되자 나는 두 시간짜리 수학이 끝날 때까지 도서관의 제일 조용하고 후미진 곳에서 시간을 보내는 게 가장 안전하다고 생각했다. 거기라면 줄리어스가 날 볼 리 없을 테니까. 난 책더미 뒤에 얼굴을 가리고 앉아 숙제를 했다.

하지만 우리 반 교실로 돌아오자 젬은 내 전화기로 뭔가를 하느라 정신이 없었다.

"또 뭘 쓰는 거야?"

내가 낮은 소리로 다급하게 말했다.

"아주 중요한 거."

젬이 메시지를 보며 흡족한 듯 '전송' 버튼을 눌렀다.

"그냥 우리 친구 줄리어스를 안심시키려고. 줄리어스가 이렇게 답장을 하지 않았겠니? '칭찬 고마워. 그런데 진심이야, 농담이야? 학교 끝나고 좀 볼래?' 그래서 내가 보냈지. '너 진짜 섹시해. 그런데 부끄러워서 말을 못 걸겠어. 네가 날 보면 온몸에 전율이 와.'"

"뭐? 그게 무슨 말이야? 전율이 오다니, 그런 말을 누가 해?"

젬이 한숨을 쉬었다.

"그런 말 한단다, 캣."

젬은 한심하다는 듯 나를 보며 계속했다.

"내일 점심때 우리 집으로 와. 딜리랑 루비도 올 거야. 엄마가 팬케이크 만들어 준다니까 먹고 전략을 짜 보자. 아, 그리고 전화기는 그때 돌려주든가 할게. 봐서."

나는 애써 입술을 앙다물었다. 그러지 않으면 (아마도 후회할) 끔찍한 말이 튀어나올 것 같았다. 나는 머릿속으로 호흡의 길이를 세면서 천천히 세 번 숨을 들이쉬고 내쉬었다. 애벌레 한 마리, 애벌레 두 마리, 애벌레 세 마리.

지금은 유치하지만 어렸을 때 엄마가 가르쳐 준 방법이었다. 나는 어떤 상황이 닥치면 완전히 겁에 질려 얼어붙곤 했다. 그럴 때면 심장이 미친 듯이 뛰기 시작했다. 큰 개를 무서워했는데 한 번은 놀이터에서 커다란 셰퍼드가 나를 향해 달려왔다. 바닥에 누워 눈을 감았는데 어느 순간 숨이 안 쉬어졌다. 엄마가 달려와 나를 무릎에 앉히고 흔들었다. 개는 놀이터 다른 쪽으로 가 버린 뒤였다. 멀리 떨어져 있으니까 위험하지 않다는 걸 알면서도 그 순간에는 공포의 감정이 너무 압도적이어서 아무것도 집중할 수가 없었다. 폐로 숨을 들이

쉬고 내쉬는 것조차 할 수 없었다. 기억을 더듬다 보니 줄리어스가 들려준 양 이야기가 떠올랐다.

개 사건이 있은 뒤부터 나는 무섭거나 화가 나거나 슬플 때면 항상 그 호흡법을 썼다. 한동안은 사용할 일이 없었다. 심장 박동이 정상으로 돌아오자 이제 두 시간짜리 수업 하나만 들으면 학교가 끝나고 그러면 아니아 할머니를 만날 수 있다는 생각을 하며 애써 기운을 내 보았다. 나는 남은 시간을 카운트다운하기 시작했다.

집에 돌아오자 할머니는 선룸에 있었다. 내 방 창으로 얼핏 비치는 할머니의 모습에 마음이 풀어지며 어깨에서 힘이 빠졌다. 나는 곧장 할머니에게 달려갔다. 할머니는 긴 회색 머리카락을 말아 올려서 연필 같은 것으로 고정해 놓았는데 가까이서 보니 뜨개바늘이었다.

목탄으로 그린 조머 아저씨의 윤곽은 완성된 상태였고 할머니는 색을 더하고 있었다. 아주 옅은 복숭앗빛 피부부터 볼 주변의 짙은 분홍빛까지 천천히 색을 쌓았다. 할머니가 색칠한 조머 아저씨의 눈은 깊은 바닷빛이었다.

나는 의자 팔걸이에 걸터앉아 할머니가 작업하는 모습을 지켜보았다.

"오늘은 최고로 힘든 날이었어요."

"그래 보이는구나."

할머니는 부엌으로 가더니 잠시 뒤 금이 간 물방울무늬 찻주전자와 늘 쓰던 머그잔 두 개를 들고 나타났다. 머그잔에는 레몬 몇 조각과 꿀 한 숟가락이 들어 있었다. 할머니가 내게 빅토리아풍 머그잔을 건넸다.

"오늘은 얘기하고 싶은 마음이 드니?"

아니아 할머니가 조용히 물었다. 할머니의 눈을 본 순간 나는 깨달았다. 할머니는 내 안에 숨어 있는 폭풍을 알아차린 유일한 사람이었다. 줄곧 지켜보면서도 때가 되어 내가 털어놓을 때까지 참을성 있게 기다려 주었다. 그리고 마침내 때가 되었다. 할머니를 믿어도 좋다는 생각이 들었다.

"하기 싫은 일에 끼어 버렸어요. 다른 사람을 심하게 상처 줄 잔인한 일에요. 저는……."

눈물이 그렁그렁 차올랐다. 당장이라도 흘러넘칠 것 같았다.

아니아 할머니가 내 곁에 앉더니 뼈마디가 앙상한 손으로 내 손을 부드럽게 감쌌다. 할머니의 손은 따뜻했다.

"그 사람이 이미 상처받았니?"

"조금요. 그런데 앞으로 훨씬 심해질 거예요."

"이렇게 힘든 상황이 생기면 가끔은 잠시 그대로 두는 게 좋을 때도 있단다. 할 수만 있다면. 네 마음도 걱정은 접어 두고 휴식을 취할 필요가 있어. 그러다 다시 생각하면 뜻하지 않게 해결책이 떠올라서 깜짝 놀라기도 하지. 내가 도움이 될 것도 같은데?"

"어떻게요?"

"음, 지금도 내 이야기를 듣고 싶을까? 재미있기도 하고 상황에 따라 유용하기도 할 것 같은데."

할머니는 어떻게 이렇게 항상 딱 맞는 말을 하는지 놀라웠다.

"그럼요. 그래서 온 건데요."

할머니는 붓을 내려놓고 투명한 비닐로 조머 아저씨를 덮더니 탁자를 돌아 내 맞은편에 와서 앉았다. 나를 향해 빙그레 웃음을 짓는 할머니의 눈가에 언제나처럼 주름이 졌다.

악마의 마을

"우리를 우유 수레에 숨겨서 구해 준 아주머니의 이름은 엘라였단다. 엘라 아주머니는 도시에서 조금 떨어진 곳에서 아들하고 작은 농장을 했어. 성격이 엄해서 우리 학교 교장 선생님이 생각날 정도였는데 그래도 마음이 따뜻하단 걸 단박에 알 수 있었지. 아주머니에게서 좋았던 점은 언제나 계획이 딱딱 서 있다는 거였어. 그 당시 우리는 뭘 해야 할지 일러 줄 사람이 필요했거든.

아주머니는 우리를 아주 잘 돌봐 주었단다. 그리고 내 발목이 완전히 다 나은 후에야 남자애들을 도와서 옥수수를 따게 했어. 순진하게도 난 한 일주일 거기서 지내면 가족한테 돌아갈 수 있을 줄 알았단다. 그런데 엘라 아주머니 친구나 이웃들이 전해 주는 바깥세상 소식으로는 그 동네에 아직 적군이 돌아다닌다는 거야. 집을 나섰다간 잡힐 게 뻔했지. 기차에 올랐을 때가 9월 초였는데, 어느새 밖에는 눈이 쌓이고 크리스마스가 다가오고 있었단다."

"크리스마스를 가족하고 같이 못 보냈어요?"

집 아닌 곳에서 보내는 크리스마스라니 상상도 안 됐다.

"못 보냈지. 가족들이 간절히 보고 싶고 어떻게 지낼까 하는 걱정이 머리를 떠나지 않았단다. 초로 크리스마스트리를 장식하는 일은 항상 내 담당이었는데 그건 누가 했을까? 할머니, 할아버지는 우리 집에 오셨을까? 먹을 건 넉넉했나? 당시엔 온 나라가 식량이 부족하다는 소문이 돌고 있었거든.

나는 잘 지내고 있다고 집에 편지를 보내고 싶었는데 엘라 아주머니가 반대했어. 아주머니는 적군이 우편물도 가로채고 있다면서 내가 탈출한 걸 알면 우리 가족이 위험에 빠질 거라고 했지.

그리고 단 하루도 밀라를 생각하지 않은 날이 없었어. 밤에 침대에 누워 눈을 감으면 밀라가 보이는 날이 많았단다. 어떨 땐 우리가 함께 숙제를 하던 우리 집 부엌의 낡고 커다란 오크 식탁에 앉아 있기도 했지. 난 밀라가 어떻게든 집으로 돌아와서 내가 오기를 기다리고 있는 거라고 애써 믿었어. 그런데 우울한 날엔, 정말 정말 울적하고 외로운 날엔 사람들로 가득 찬 깜깜한 방에 앉아 춥고 허기지고 병들어서 덜덜 떨고 있는 밀라의 모습이 보였어.

엘라 아주머니가 연습장 한 권을 주시더구나. 다들 일하고 있을 때 일기라도 쓰면서 시간을 보내라고. 받자마자 밀라의 첫 번째 초상화를 그려야겠다는 생각이 들었단다."

"할머니, 거길 떠나셨죠? 그런데 집이 아니라 밀라를 찾으러 간 거죠?"

"그래."

아니아 할머니가 놀란 듯 나를 보았다. 나는 맞혔다는 생각에 속으로 신이 났다.

"1월 초의 어느 밤이었단다. 꿈을 꾸는데 들판 저쪽에서 밀라가 나를 부르더구나. 모스 부호로 계속 '도와줘!'를 보내고 또 보내는 거야. 어둠을 뚫고 빛이 깜빡깜빡했고 나는 빛을 향해 달려갔단다. 그런데 가까이 가면 갈수록 빛이 흐려졌어. 갑자기 밀라가 보이는 것 같아서 잡으려고 손을 뻗었는데…… 손가락 사이엔 공기밖에 없었단다.

다음 날 아침에 문득 어떤 생각이 들더구나. 그래서 더 이상 기다리고만 있진 않겠다고 마음을 먹었지. 행동에 나서야 했어."

"그런데 뭘 해야 할지 어떻게 알아요?"

"아, 나는 항상 남들이 하는 말을 주의 깊게 듣는단다. 매일 오는 엘라 아주머니 단골들이 하는 얘기를 귀 기울여 들었지. 바깥세상 돌아가는 얘기를 전부 알 수 있었어. 무시무시한 담장으로 둘러싸인 마을이 있다는 아담의 말은 거짓이 아니었어. 동네 가게 주인 파세크 씨가 거기 사정에 훤한 것 같았어. 파세크 씨도 나처럼 유대인 친구가 있었는데 그리로 잡혀갔거든. 파세크 씨가 말했단다.

'그 마을은 기본적으로 길이 네 개예요. 입구가 하도 좁아서 겨우 차 한 대나 지나갈 수 있지요. 안쪽의 건물들은 그 악마 같은 군인 놈들이 진을 치고 있대요. 하루에 한 번 식량 배달이 가긴 하는데 그곳 사람들 4분의 1도 채 못 먹을 양이라더군요.'

파세크 씨는 친구를 구해 내려고 뭐라도 하고 싶은 눈치였어. 그런데 겁이 나서 차마 어쩌지 못하고 유일하게 엘라 아주머니한테 얘기하면서 마음의 짐을 더는 것 같았어.

나는 그 '악마의 마을'에 대해서 새로운 정보를 들을 때마다 적어 놓았어. 그래야 머릿속으로 생각을 시작할 수 있을 테니까.

내가 알아낸 것들은 이랬단다.

1. 마을은 도시 안에 있고 현재 위치에서 북쪽으로 이틀 정도 걸어가면 나온다.
2. 마을은 시내 한가운데에 있고 오래된 우체국 근처에 입구가 있다.

3. 입구는 외부에 배치된 군인들이 24시간 내내 순찰을 한다.

4. 벽은 콘크리트 슬래브로 세워져 있는데 말도 안 되게 높고 꼭 대기는 철조망으로 덮여 있다.

5. 용감한 사람 몇 명이 가장 낮은 담장으로 몰래 음식을 던져 넣 었다는 소문도 있다.

6. 탈출에 성공한 사람 이야기는 들은 적이 없다.

나는 아담과 헨리크한테 내 계획을 말하기로 했단다. 지 금 생각해 보면 난 무슨 미친 소리냐고, 절대 실현 가능성 없 는 계획이라는 말을 듣고 싶었던 것 같아. 그러면 계속 파세 크 씨처럼 살 수 있으니까. 가능한 때가 오면 도울 거라고 스 스로에게 말하면서. 그런데 알고 보니까 남자애들도 계획이 있었어.

'우리도 며칠 동안 너한테 계속 말하려던 게 있어. 근데 네 가 어떻게 받아들일지 걱정이 돼서. 우리 주말에 군에 입대 할 거야. 그냥 이러고 앉아서 어떻게 되기만 기다리고 있을 순 없어서. 우리도 함께 싸울 거야. 놈들한테 본때를 보여 줄 거야!'

아담이 땅바닥을 보면서 말했단다."

"그래서 그 말을 듣고 결심을 굳히신 거예요? 나가서 용감 하게 행동하겠다고, 변명은 필요 없다고?"

"그렇지. 그 애들은 조국을 구하려고 모든 걸 걸고 전투에 뛰어드는데 친구를 구하는 내 나름의 전투조차 안 한다면 나 자신을 절대 용서할 수 없을 것 같았단다.

난 모두가 잠든 이른 아침에 출발하는 게 가장 수월하겠다고 판단했어. 엘라 아주머니에게 감사하다는 쪽지를 쓰고 부엌에서 일하는 아주머니의 초상화를 함께 남겼어. 동그란 빵 몇 개랑 우유 한 병 또 사과 몇 알을 천 자루에 챙긴 뒤 아주머니가 떠 준 제일 따뜻한 스웨터 두 개를 껴입었지. 그리고 문을 열고 쏟아지는 눈 속으로 나섰어.

눈이 발목까지 푹푹 빠지는 걸 알고는 마음을 바꿀 뻔했지만 매일 밤 훨씬 추운 곳에서 잠을 자는 밀라를 떠올렸어. 난 억지로 발걸음을 옮겨서 새하얀 눈보라를 뚫고 계속해서 걸었단다. 큰길에 도착했을 땐 무릎까지 흠뻑 젖어 있었어. 아무것도 모르는 무시무시한 동네를 혼자서 걸어 본 적이 있니?"

아니아 할머니가 물었다.

나는 고개를 저었다. 휴가를 갔을 때 해변에서 엄마를 잃어버렸다가 15분쯤 뒤에 찾았던 무서운 기억이 있지만 할머니의 말이 그런 의미가 아니라는 걸 알았다.

"끔찍하단다, 캣. 유령이 나올 것 같은 길에서 무슨 소리가 들릴 때마다 소스라치게 놀랐단다. 여우가 울 때마다, 옥수수

밭에 돌풍이 불 때마다 걸음을 멈추고 땅바닥에 납작 몸을 숙였지.

몇 시간을 걸었는데 최악은 내가 맞는 방향으로 가고 있는지 아닌지도 모른다는 거였어. 발목은 다시 아프기 시작하고 가져온 음식은 어느새 다 먹어 버렸단다. 계속 걸으려면 에너지가 필요하니까. 물도 다 떨어졌지. 수레가 지나갈 때마다 의심이 일어서 거기가 시내에서 얼마나 떨어진 곳인지 차마 묻지도 못했단다. 나를 곧장 군인들한테 넘겨 버릴까 봐 너무 겁이 났거든.

날이 어둑어둑해지니까 너무 지쳐서 정신이 멍했단다. 멀리서 나지막하게 웅웅대는 소리가 들리는데도 무시하고 계속 걸었어. 그런데 소리가 점점 커지더구나. 그게 자동차 소리라는 걸 알았을 땐 이미 늦었지. 불빛이 내 등을 비춰서 도망갈 수도 숨을 수도 없었단다.”

나는 가슴이 조여들었다.

“적군이었어요? 할머니도 결국 붙잡혀서 수용소로 끌려갔어요?”

“적군 둘이었단다. 군인들이 손전등을 켜니까 남색 군복이 보였어. 어느 나라 말인지 내가 모르는 말로 서로 얘기를 하는데 이제 끝이구나 싶었지.

‘뭐 하는 거지?’

군인이 물었어. 성당 밖에 있었던 콧수염 난 군인처럼 무
자비한 말투는 아니었어. 엘라 아주머니의 우유 수레를 멈추
고 놀렸던 군인만큼도 아니었지. 그런데도 소리가 목구멍에
걸려서 나오질 않았어.

'왜 밤에 혼자 걸어 다니지? 지독하게 춥고 위험하다는 건
말 안 해도 잘 알 텐데.'

나는 우두커니 선 채로 입도 뻥긋 못 했단다. 그런데 그 군
인은 포기하지 않고 답을 들으려고 했어. 가까이 걸어오더니
내가 눈이 부시지 않게 내 얼굴 아래쪽으로 손전등을 비추면
서 약간 떨어진 곳에서 기다렸단다. 그때 다른 군인이 다가
오는 발소리가 들렸어.

'친구를 찾고 있어요. 시내에 있어요. 찾을 거예요. 뭐라도
타고 가면 좋겠지만 그러지 못해서 걷고 있어요.'

내가 겨우 입을 뗐단다.

거짓말은 하나도 없었지만 그렇다고 자세히 말하지도 않
았지. 그때까지도 수상쩍게 굴지만 않으면 날 보내 주지 않
을까 기대하고 있었으니까.

'그렇군.'

군인의 목소리에는 못 믿겠다는 의심이 묻어 있었어. 군인
은 한숨을 쉬더니 말했단다.

'조머, 이 여자애가 친구를 찾고 있다는군.'

그 이름을 듣는 순간 머릿속에서 반짝 기억이 떠올랐단다. 우리 쪽으로 다가오는 그 남자를 뚫어져라 살폈지. 군인이 그 남자 쪽으로 손전등을 비추는데 가슴이 터질 것 같았어. 우유 수레에 숨었을 때 우리를 그냥 보내 준 바로 그 군인이었어. 그 군인도 나를 알아본 눈치였어.

'네, 들었습니다.'

조머 아저씨는 대꾸하더니 잠시 말이 없었어. 그러곤 얘기했지.

'이 아이를 도시까지 데리고 가는 게 좋을 것 같습니다.'

나는 조머 아저씨의 계획이 뭔지 짐작도 안 됐단다. 그런데 이상하게 다른 군인도 그러자고 하더구나. 그러더니 문을 열고 차 뒤에 타라는 손짓을 했어.

순간 도망칠까 생각했지만 그건 미친 짓이었지. 깜깜한 밤중에 빙판 위에선 얼마 가지도 못할 테니까. 그래서 포기했단다. 그럴 수밖에 없었지. 나는 차 뒤에 올랐어."

*

그날 저녁 나는 방에 앉아 걸 38을 그리면서도 눈 속을 저벅저벅 걸어가는 아니아 할머니의 모습을 계속 머릿속에 떠올렸다.

나는 걸 38을 바라봤다. 그늘진 나무 두 그루 사이에서 나타난 빌크를 막 발견한 참이었다.

"너라면 어떻게 했을까?"

나는 걸 38에게 물었다. 하지만 걸 38은 나만큼이나 겁에 질린 모습이었다.

조머 아저씨

다음 날, 호크아이는 캡틴 이글하트와 함께 우주선에 머물러야 했기 때문에 걸 38 혼자 임무 수행을 위해 나섰다. 걸 38은 출발과 동시에 어제 만났던 빌크가 아직도 따라오고 있다는 걸 알았다. 이번에는 코앞까지 다가와 걸 38은 빌크의 눈을 똑바로 볼 수 있었다. 걸 38은 깨달았다. 빌크는 상상했던 것의 절반만큼도 무섭지 않았다. 무섭기는커녕 친구가 되고 싶다는 얼굴로 걸 38을 마주 보고 있었다. 걸 38이 용기를 내 가까이 오라는 손짓을 하자, 빌크는 걸 38에게 부드럽게 꼬리를 비볐다.

"잘 잤어?"
엄마가 부엌으로 들어와 그림 그리는 나를 보고 물었다.
"오늘 뭐 할 계획이야? 뒹굴뒹굴?"
내가 웃지 않자 엄마가 다가와 끌어안았다.

"괜찮아, 우리 강아지?"

나는 고개를 끄덕였다. 괜찮은 것과는 거리가 멀었지만 뭐가 문제인지 이야기를 시작할 엄두조차 나지 않았다.

"엄마랑 시내에 갈래? 아빠는 축구하러 갈 거고, 난 날도 좋으니까 우리 병원 론다가 맨날 얘기하는 새 꽃 시장이나 가 볼까 하는데. 꽃다발 세일 많이 하나 봐. 엄청 재밌겠지? 그다음엔 점심 먹으러 가고. 어때?"

엄마와 딱 그렇게 하루를 보내고 싶은 마음이 굴뚝같았지만 불가능했다. 자기 집에 안 간다고 하면 젬은 지구 끝까지라도 쫓아올 거다. 그리고 어쨌든 전화기도 돌려받고 싶었다.

"안 돼. 미안. 나 젬네 집에 가야만 해."

"'가야만' 하는 게 어딨어?"

아빠가 축구 유니폼을 들고 부엌으로 들어오며 말했다.

"딴 거 하고 싶으면 못 간다고 해. 나라면 그러겠다."

"아니야, 괜찮아. 가고 싶어."

애써 명랑한 척 말했지만 내 귀에도 어색했다.

엄마와 아빠 모두 미심쩍은 눈길을 보냈지만 별말은 하지 않았다.

나는 젬과 젬이 내 앞으로 준비해 놓은 모든 것을 마주하기 전에 아니아 할머니와 잠시 시간을 보내기로 했다. 할머니 곁에서 할머니의 이야기를 들은 시간으로 남은 하루를 버틸 수 있길 바랐다.

기막히게 따사로운 가을 아침이었고 아니아 할머니는 햇살을 맞이하는 듯 거실 창문을 활짝 열어 놓고 있었다. 할머니가 손에 크루아상을 든 채 현관문을 열었다.

"좋은 아침이구나."

나를 보고도 안 놀라는 할머니를 보자 기뻤다. 할머니의 집이 우리 집처럼 편해지기 시작했다.

"아침 먹는 중이었단다."

"전 먹었어요. 제가 차라도 좀 끓여 올까요? 조머 아저씨 차에 탄 다음에 어떻게 됐는지 듣고 싶어서요. 혹시 지금 다른 계획 있으세요?"

"계획 없단다. 창가에 앉아 있는 것 말고는. 이렇게 햇볕 쬐는 걸 뭐라고 하더라? 고양이처럼?"

"늘어진다?"

"아니, 그 뭐더라. 그래, 일광욕. 가서 주전자 좀 올리고 오렴. 그다음에 같이 일광욕하면서 얘기 들려주마."

잠시 뒤 아니아 할머니와 나는 더는 얀코프스키 정글이 아닌 공간을 바라보며 선룸에 앉았다. 이윽고 할머니가 눈을 감았고 나도 따라 감았다. 그러면 할머니의 세계를 온전히 볼 수 있을 것 같았다.

"조머 아저씨의 차에선 가죽 냄새가 났단다. 아빠의 말안장이 떠올랐지. 앞자리에선 아저씨하고 다른 군인이 목소리를 낮춘 채 이야기를 계속했어. 무슨 말인지는 못 알아들어도 화난 목소리는 아니라서 마음이 놓였단다. 나는 어찌나 피곤했던지 나도 모르게 그만 잠이 들었단다."

"잠이 들어요? 말도 안 돼요. 그 사람들이 무슨 짓을 할 줄 알고……."

"그렇지, 캣. 설명은 안 되는데 그냥 조머 아저씨가 거기 있다는 생각에 마음이 풀어졌단다. 아저씨가 행운의 징조 아니면 수호천사라는 느낌이 들기 시작했거든. 얼마 뒤 아저씨가 깨우는 소리에 일어났어. 살짝 걱정이 됐지. 다른 군인은 없었고.

'사령관님은 오는 길에 숙소에 모셔다드렸다. 너는 잠이 들었고.'

차 안을 두리번대는 나를 보고 조머 아저씨가 말했어.

'이젠 좀 따뜻하니? 이름이 뭔지 물어봐도 될까?'

'아니아예요.'

아저씨에겐 숨길 이유가 없었지.

'왜 저를 도와주세요?'

내가 조용히 물었단다.

'우유 상자 사이에 숨어서 누워 있는 널 본 순간 내 딸이 떠올랐어. 사령관님은 도시 북쪽의 강제 수용소로 널 데려가

는 걸로 알고 있어. 네가 들판에서 일하기에 적당하다고 판
단하셨다.'

나는 고개를 끄덕였어. 이해했어. 그게 조머 아저씨가 나
에게 해 줄 수 있는 최선이었어. 명령을 따라야 하니까.

'그런데 넌 어디로 데려다주면 좋겠니?'

아저씨가 물었어.

'아, 아무 데나요. 도시랑 최대한 가까운 곳으로.'

나는 그렇게 대답했어."

"화내면 어떡하나 겁도 안 났어요?"

내가 아니아 할머니에게 물었다. 적군에게 그렇게 용감하
게 굴다니 나로선 상상도 안 됐다.

"났지, 당연히. 그런데 집을 떠난 이후로 나는 딴사람이 되
었어. 가끔은 나도 날 못 알아볼 정도였지. 나는 간절했고, 그
간절함이 날 담대하게 만든 것 같았어.

조머 아저씨는 밤중에 도시를 혼자 걸어 다니면 안 된다
면서 어디로 데려다줄지 주소를 달라고 했어. 난 오래된 우
체국 근처라는 것밖에 모른다고 대답했어. 아저씨는 몇 초가
지나서야 내 말이 무슨 뜻인지 알아차렸어. 그러더니 안색이
변했어.

'네 친구가 게토에 있다는 말이냐?'

게토. 게토라는 단어가 마치 운율처럼 아무렇지도 않게 나

왔어. 전에도 엘라 아주머니의 이웃이나 아담이나 헨리크가 말하는 걸 들은 적은 있지만 조머 아저씨의 입에서 나온 그 말만은 현실로 다가왔단다.

'네. 잘 모르겠는데 그런 것 같아요.'

'왜 그렇게 생각하지?'

'제 친구는 유대인이고 성당 마당에서 끌려갔어요…….'

그때 주머니 속의 연습장이 떠올랐단다. 밀라의 초상화를 그린 쪽을 펼쳐서 조머 아저씨에게 보여 줬지.

'밀라 코프먼.'

아저씨가 아래쪽에 연필로 적어 놓은 글씨를 읽었어. 그러고는 손으로 얼굴을 문지르더니 운전대에 팔꿈치를 올려놓았어. 우리는 앞에 펼쳐진 자갈길을 보면서 잠시 말없이 앉아 있었단다. 저 멀리 가로등 불빛이 점점이 빛났지만 이미 어두운 하늘이 밝아 오고 있다는 걸 알았지. 곧 아침이 되고 대낮의 햇빛이 우리를 덮칠 상황이었어. 아저씨가 마침내 말문을 열었어.

'아니야, 네 친구는 잊도록 해라. 거기 안 갔을 수도 있고, 있었더라도 다른 곳으로 갔을 수도 있다.'

나는 주먹을 꼭 쥐고 대꾸했어.

'그렇게는 못 해요. 약속했어요. 무슨 수를 써서라도 꼭 찾겠다고 약속했어요. 그런데 지금까진 무슨 수를 써 보지도

못했어요.'

조머 아저씨가 한숨을 쉬더니 내 눈을 똑바로 보았어. 서늘한 눈빛이었어. 마치 뭔가 중요한 걸 말없이 전하려는 듯했지.

'저는 여기서 내릴게요. 전부 다 감사해요.'

나는 조머 아저씨에게 말하고 문을 열었단다. 아저씨가 갑자기 마음을 바꿔서 나를 바로 강제 수용소로 데리고 갈까 봐 걱정이 됐거든."

"그런데 안 그랬죠?"

"안 그랬지. 조머 아저씨는 그날 밤 내가 머물 만한 곳을 알고 있다고 했어. 내가 딴소리 꺼내기 전에 아저씨는 다시 차를 출발시켰지. 우리는 텅 빈 길을 빠른 속도로 달렸단다. 얼마 뒤 어느 빵집 앞에서 섰어. 아저씨가 차에서 내리라고 하더니 건물 옆으로 돌아 들어갔어. 거기에 조그만 문이 있었는데 큰길에서는 거의 눈에 안 띄었지. 아저씨는 손가락을 입술에 대더니 문을 세 번 두드리고는 기다렸어.

문을 연 사람은 늙고 머리가 벗어진 남자였어. 노인은 천바지만 입고 너덜너덜한 장화를 신고 있었는데 피부가 갈색 가죽 같았어. 조머 아저씨를 보더니 둘 다 안으로 들어오라는 손짓을 했지. 갑자기 온도가 변하니까 온몸이 부르르 떨렸단다. 방 뒤쪽에 커다란 오븐이 보였고 갓 구운 빵 냄새가 진동했단다.

'느닷없이 들이닥쳐서 죄송합니다, 로만.'

'매번 느닷없이 찾아와도 언제나 환영이지요. 잘 알면서요. 뭐 먹을 것 좀 가져올까요?'

우리가 대답도 하기 전에 로만 할아버지는 우리를 탁자에 앉히고 롤빵 한 접시하고 버터 한 덩이를 가져왔단다.

할아버지가 나를 흥미롭게 바라보는 걸 보고는 조머 아저씨가 말했어.

'이 아이는 아니아예요. 여기서 잠시 지내게 해 주시면 좋겠습니다.'

속으로 놀랐는지는 모르겠지만 로만 할아버지는 그런 기색이 없었단다.

'환영입니다. 그런데 그다지 편한 곳이 아니라 걱정이네요. 엄청나게 더운 데다⋯⋯'

할아버지가 양손을 펼치며 말을 이었지.

'연기까지 들이마셔야 해서요. 지낼 만한 곳이 다락방밖에 없네요. 거기가 오븐하고 제일 떨어진 곳이니.'

다락은 천장이 비스듬하고 바닥에 매트리스 하나가 깔린 작은 방이었단다. 난 그거면 충분했고 무엇보다 따뜻했어.

나는 누워서 아래층에서 두 사람이 나누는 얘기를 들으려고 했어. 그런데 낮게 웅얼거리는 소리 말고는 하나도 들리질 않았지……."

이야기를 하는 아니아 할머니의 눈을 여전히 감겨 있었고 나는 할머니가 그 따뜻한 다락방으로 돌아가 있다는 걸 알았다.

나는 여전히 일광욕 중인 할머니를 그곳에 그대로 남겨 둔 채 무거운 마음으로 젬을 마주하러 나섰다.

루저 보이 작전

젬의 집 현관문은 열려 있었다. 나는 부엌에서 들리는 울음소리와 음도 안 맞게 뚱땅대는 피아노 소리 그리고 "타샤, 당장 이리 내려와!" 하는 고함 속으로 걸어 들어갔다.

기억이 닿는 한 언제나 이랬다. 젬은 형제가 다섯이었고, 그 말은 젬의 집으로 들어가는 건 늘 허리케인 속으로 걸어 들어가는 것 같다는 뜻이었다. 우리 집에 있을 때와는 모든 게 정반대였다. 평화롭고 고요하고 정돈된 우리 집. 젬의 엄마인 리즈 아줌마는 항상 좀 지친 얼굴이었고 나는 괜히 나까지 한 짐 더하는 것 같아서 젬네 집에 갈 때면 때때로 마음이 불편했다.

"안녕하세요!"

내가 들어가며 소리쳤다. 젬의 집에서 내 목소리가 들리려면 다른 때보다 더 크게 소리치는 수밖에 없었다.

"어, 왔어, 귀염둥이?"

리즈 아줌마가 손으로 이마를 훔치며 말했다.

"젬이랑 애들은 위층에 있어. 여기, 이거 다 네 거야. 쟁반 가져다가 들고 올라가렴. 냉장고에서 잼 꺼내 먹고 레몬이랑 설탕은 저기 옆에 있고."

아줌마가 내게 팬케이크 한 접시를 건넸다.

나는 아줌마 말대로 챙긴 다음 잠시 뒤 계단을 세 층 올라가 젬과 남동생 스튜가 함께 쓰는 다락방으로 갔다. 젬이 안으로 들어오라는 손짓을 했다.

"걱정 마. 스튜 자식 친구 집에 갔어. 들어와."

"젬한테 새로운 소식이 있대."

채 앉지도 못했는데 딜리가 불쑥 말했다.

무슨 말일지 상상하며 두려움에 떠는데 내 예상과는 전혀 달랐다.

"아룬이 사귀재."

젬이 얼굴을 발갛게 물들이며 말했다.

"다음 주말에 영화 보러 가재. 제이스랑 같이 나온다고 나도 친구 한 명 데리고 오래. 더블데이트 같은 건가 봐. 캣, 원래는 너랑 갈까 했는데 루비한테 말해 보려고. 루비가 한동안 제이스 좋아했잖아."

루비는 펄쩍 뛰면서도 기쁜 기색이 역력했다.

"잘됐다. 재밌겠네."

나는 등 뒤로 손가락을 꼬며 줄리어스가 아닌 아룬 이야기로 대화가 흘러가길 기도했다. 하지만 그런 행운은 따르지 않았다.

"다들 뭐 입을지 나중에 좀 골라 줘. 최종 후보 다섯 벌 골라 놨는데, 딜리가 미국에서 이모가 보내 준 새 원피스도 입어 보래. 어쨌든 오늘 할 얘긴 그건 아니고. 우리, 루저 보이 작전 실행 계획을 짜야 해. 일단 걔한테 온 마지막 연락은 이거야. '메시지 받았어. 그런데 진심으로 하는 말 같지가 않아. 꼭 놀리는 것 같아.'"

"나한테 생각이 있어."

루비가 귀걸이를 만지작거리며 젬을 똑바로 봤다.

"며칠 전 밤에 티브이 프로그램을 하나 봤는데 사람들이 데이트를 하러 레스토랑에 가. 그런데 들어가기 전에 눈을 안대로 가리는 거야. 보통 그렇게 눈을 가리고 들어가면 뭔가가 기다리고 있어. 두 사람만을 위한 케이크랄지 작은 선물이랄지 그런 거. 내 생각엔 줄리어스도 그렇게 하면 될 것 같아."

"어떻게 할 생각인데?"

"점심시간에 특별한 장소로 나오라고 캣이 메시지를 보내. 안대를 하고 장미 한 송이도 들고 오라고. 깜짝 선물을 준비해 놨다고 하면서."

"완벽해. 그다음에 조용히 애들을 다 그 장소로 불러서 줄리어스를 지켜보게 하는 거지. 너 완전 천재구나!"

젬이 활짝 웃었다.

눈앞에 훤히 그려졌다. 줄리어스가 안대를 하고 장미 한 송이를 든 채 강당 무대 한가운데 서 있고 반 전체가 그걸 지켜보며 킥킥대는 장면이.

젬이 계속했다.

"이제 우리가 할 일은 이 얘길 이메일로 퍼뜨리는 거야. 반 애들 이메일 주소를 적어도 열 개씩은 아니까 애들한테 보낸 다음에 다른 애들한테도 전달해 달라고 해. 무슨 일인지는 말하지 말고 수요일 오후 1시 45분에 강당에서 비밀 이벤트가 있다고만 해. 꿀잼이니까 꼭 오라고."

"누가 줄리어스한테 말하면 어떡해?"

딜리가 물었다.

"그걸 누가 말해. 온 지 얼마 안 돼서 아무도 걔 이메일 주소도 몰라. 그리고 걔 친구 한 명도 없는 거 몰라?"

"그런데…… 걔가 나타나면 난 뭘 해? 내가 거기 있는 줄 알고 올 텐데."

내가 물었다. 마치 터널 안에 서 있는 것처럼 목소리가 웅웅 울렸다.

"아, 너도 거기 있긴 하지. 애들 사이에 섞여서 같이 비웃으면 돼. 다 밝혀지기 전에 마법의 암호도 몇 마디 하게 할까? 그럼 다 뒤집어질 텐데."

"그래, 그거 좋다! 이런 거 어때? '넌 여신이야. 날 위해 준비한 걸 보여 줘!'"

모두 키득키득 웃었다. 젬은 정신없이 웃다가 쓰러지며 팔꿈치로 팬케이크 접시를 짚었다.

내 전화기는 바닥에 있었다. 내가 앉은 방석 옆이었다. 젬이 전화기를 쥐더니 집중하느라 혀를 내민 채 문자 메시지를 쓰기 시작했다. 딜리가 젬의 어깨 너머로 들여다보며 활짝 웃었다.

따지려고 했지만 입 밖으로 소리가 나오지 않았다. 나는 멍하니 앉아서 말없이 아이들만 바라보았다.

젬이 자기가 쓴 문자 메시지를 읽었다.

"우리 만날래? 널 위해서 작은 깜짝 선물을 준비했는데 보여 주고 싶어 죽겠어. 수요일 1시 45분에 강당 무대로 와. 안대를 쓰고 오면 훨씬 더 재미있을 거야. ♥♥♥"

"장미 한 송이 들고 오는 거는 말 안 해?"

"일단 오겠다고 하는지 기다려. 그 얘긴 캣이 다음 메시지에 쓸 거야. 계속 감질나게 해야지. 한꺼번에 다 말하면 안 돼. 내 말 믿어. 이런 거 어떻게 해야 먹히는지 내가 좀 알아."

젬이 말했다.

마음을 진정시키려고 애벌레 호흡법을 시도했지만 집중이 안 되고 어디까지 셌는지 자꾸 잊어버렸다. 마치 빨대로 숨을 쉬는 것 같았다. 아무리 세게 숨을 들이쉬고 아무리 크게 입을 벌려도 폐에 공기가 충분히 차지 않았다.

더는 견딜 수가 없어졌다. 그 방에서 나가야 했다. 안 그러면 끔찍한 일이 벌어질지도 몰랐다.

"캣, 괜찮아? 어디 안 좋아? 얼굴이 창백해. 내가 가서 물 한잔 가져다줄게."

루비가 말했다.

"아니야. 아니야. 미안해. 나, 가야겠어."

내가 웅얼거렸다.

나는 재킷을 집어 들고 전속력으로 계단을 달렸다. 그러다 길 끝에 다다라서야 멈춰 서서 가로등에 기대어 섰다. 차가운 공기가 폐로 훅 밀려들자 어깨가 들려 올라갔다. 심장이 일정한 리듬으로 메시지를 보내며 안심시켰다. 괜찮아. 괜찮아. 괜찮아.

지하 통로

아이들이 따라오는지 오던 길을 돌아봤지만 개미 한 마리 안 보였다.

재킷을 입었다. 여전히 전화기는 내 손에 없었다. 잠깐 돌아갈까도 생각했지만 그 상황을 마주할 자신이 없었다. 월요일에 학교에 가면 젬에게 돌려달라고 해야지. 내 전화로 젬이 무슨 메시지를 보냈건 이미 더 이상 나빠지기도 힘든 지경이었다.

천천히 집을 향해 걸었다. 길이 바뀔 때마다 다른 도전 과제를 정했다. 첫 번째 길에서는 보도블록 칸 안으로만 걷기. 두 번째 길에서는 금만 밟으며 걷기. 세 번째 길에선 가로등에서 다음 가로등까지 일곱 걸음 안에 도착하기. 그렇게 하면 젬도, 줄리어스도, 문자 메시지도 머릿속에서 지울 수 있었다. 나는 한 지점에서 다음 지점까지 걷는 데만 집중했다.

나머지 것들은 다 그다음 일이었다.

집에 도착했을 땐 아무도 없었다. 리나 언니도 쉬는 날이었다. 아빠는 축구 경기 뒤엔 늘 술을 몇 잔 하러 가고 엄마는 아마 아직 꽃 시장에 있을 거다. 체스터가 내 방 침대 위에 늘어져 있는 거로 보아 아니아 할머니도 집에 없는 모양이었다. 체스터는 사람들 곁에 있는 걸 좋아해서 주위에 아무도 없을 때만 자기 자리로 돌아온다.

창 너머로 아니아 할머니 집 뒤쪽 현관에 이젤과 목탄 항아리가 보였다. 할머니는 멀리 나가지 않은 듯했다. 어쩌면 잠시 가게에 간 걸지도. 젬의 집에서 팬케이크를 안 먹었기 때문에 나는 샌드위치를 만들어 집 앞으로 나가 할머니가 돌아오길 기다렸다.

아니아 할머니의 집 앞마당은 이게 가능한 일인가 싶긴 한데, 정글이던 예전의 뒷마당보다 심각한 지경에 이르렀다. 하지만 놀라운 점은 그 많은 잡초에도 불구하고 한때 아름다웠던 흔적이 눈에 띈다는 것이었다. 무성한 잔디 사이로 짙은 주황색 국화들이 삐죽삐죽 고개를 내밀었고 현관 옆에는 분홍빛 달리아 꽃송이가 피어났다. 담장을 따라 두더지가 파놓은 흙더미들이 잔디 위에 줄지어 있는데 꼭 호빗족의 집 같았다. 그걸 보자 '반지의 제왕'과 '줄리어스'가 차례로 떠올랐다. 별안간 오래 참아 왔던 눈물이 볼을 타고 흘렀다. 나는 유치원 시절 젬이 울보라고 놀릴 때처럼 주먹을 말아 쥐고 눈을 틀어막았다. 그러고는 자리에 주저앉아 질척해진 치즈샌드위치를 꼭 쥔 채 무릎 사이에 고개를 파묻었다.

작고 부드러운 손길이 어깨에 와 닿았다.

"괜찮아질 거야. 나쁜 일도 그리 오래가진 않는단다. 모든 건 변하게 마련이지. 확실한 건 이것뿐이란다. 그렇기 때문에 세상이 정말 멋진 거고."

아니아 할머니가 속삭이며 내 어깨를 감쌌다. 나는 샌드위치를 놓고 할머니를 꼭 끌어안았다.

"전 할머니가 생각하는 그런 아이가 아니에요. 전 나쁜 애예요."

나는 할머니의 아름다운 실크 블라우스에 얼굴을 묻고 흐느꼈다.

할머니는 고개를 들라고 하지 않았다. 오히려 나를 더 꼭 안았다.

"내가 널 다 안다고는 할 수 없을 거야, 캣. 아직 자세히 알 기회가 없었으니까. 그래도 네가 나쁜 아이가 아니란 것만은 확실히 말할 수 있단다."

"잘 몰라서 그러시는 거예요. 전 떳떳하지 못한 짓을 했어요."

아니아 할머니가 웃음을 터뜨렸다. 난 고개를 들어 할머니를 보았다.

154

"저런, 나도 모르게 웃음이 났네. 나도 똑같은 말을 수도 없이 많이 했거든. 나 역시 떳떳하지 못한 일을 자주 했단다."

"할머니도요?"

"그렇고말고. 내가 비밀 하나 알려 줄까? 나쁜 사람들은 자기 행동을 후회하는 법이 없단다. 후회되는 일이 있다면 그건 네가 나쁜 사람이 아니란 뜻이야."

그때 조머 아저씨의 초상화가 눈에 들어왔다. 내 곁에 앉으며 할머니가 계단 끝에 기대어 놓은 모양이었다.

"이분이 그 사실을 누구보다 잘 알고 있지. 여기 캔버스 오른쪽 위 구석이 조금 찢어져서 화방에 다녀오는 길이란다. 다행히 잘 고쳤어."

"잘됐네요."

"들어오렴. 아니면 여기서 얼굴에 햇빛 좀 쬐면서 기다려도 좋고. 점심을 땅에 떨어뜨렸으니 내가 폴란드 햄으로 샌드위치를 만들어 주마. 아주 맛있단다. 정말이야. 벌써 입안에 그 맛이 도는구나."

"감사합니다."

내가 얼굴을 닦으며 말했다. 나는 조머 아저씨의 초상화를 가리키며 물었다.

"그다음에 아저씨는 어떻게 됐어요? 할머니를 확인하러

다시 빵집으로 왔어요?"

"왔단다. 자세히 들려주마. 그런데 그 전에 점심을 가져올 테니 부엌에서 의자 두 개만 가져다 다오."

우리는 길 쪽을 향해 앉았다. 폴란드 햄이 맛있어서 순식간에 입맛이 확 돌아왔다.

"다락방에서 잠든 데까지 얘기했던가? 방은 따뜻했고 빵 굽는 냄새에 마음이 편안해졌단다. 이런 빵하곤 비교가 안 됐지."

아니아 할머니는 손에 든 샌드위치를 가리키더니 말을 이었다.

"몇 시간이나 잤을까. 눈을 떴을 땐 창밖으로 햇살이 뿌옇더구나. 아래층으로 내려가 보니 로만 할아버지가 부엌 바닥을 닦고 있었어. 할아버지가 말렸지만 난 곧장 할아버지를 돕기 시작했어. 몇 시간 만에 빵집 안을 다 치웠지. 청소를 하면서 우리는 얘기를 나눴는데, 내가 할아버지한테 조머 아저씨를 어떻게 아느냐고 물었단다. 그랬더니 로만 할아버지는 이렇게 대답했어.

'어느 날 저녁에 불쑥 찾아왔어. 어젯밤에 널 데리고 나타난 것처럼. 처음엔 군복을 보고 더럭 겁이 났지. 빵집을 닫으라고 온 줄 알았거든. 그런데 정반대였어. 자기가 밀가루를 댈 테니 지금보다 빵을 많이 만들 순 없느냐고 묻는 거야. 모든 일은 비밀로 하고 말이다. 난 그러겠다고 했지. 그리고 보다시피 조머 씨는 나한테서 빵을 사다가 유대인 수용소 안에서 굶주리는 가여운 사람들을 먹이고 있단다.'

전에도 말했지만 난 조머 아저씨를 보면 안심이 됐는데 그 얘기를 듣고 나니까 아저씨가 좋은 사람이라는 확신이 생겼어.

내가 로만 할아버지한테 그동안 있었던 일을 말했더니 할아버지는 놀라운 이야기를 들려줬어.

'밀라가 거기 있기만 하다면 조머 씨는 네가 밀라 찾는 걸 돕고도 남을 사람이야. 명단에서 밀라를 찾아볼 거다. 장담하는데 조만간 다시 돌아와서 밀라가 거기 있는지 없는지 알려 줄 거야.'

할아버지가 커다란 손을 내 손 위에 얹으며 얘기했단다.

'그런데 밀라가 거기 있다고 해도 어떻게 데리고 나와요?'

내가 물었어.

난 수용소 담장이 얼마나 높은지, 입구에 얼마나 많은 군인들이 지키고 있는지 알고 있었거든. 누구를 데리고 나온다는 건 사실상 불가능한 일이었지."

"조머 아저씨가 어떻게 못 해요? 수용소에 있는 독일군 중에 아는 군인도 있을 거 아니에요. 조머 아저씨라면 밀라를 구하는 게 그렇게 힘들진 않잖아요."

답답한 마음에 내가 물었다.

"그런데 캣, 상관은 어떻게 하고 다른 군인들은 다 어떻게 하겠니? 아무도 모르게 밀라만 데리고 나올 순 없었단다. 그 땐 모두가 서로에게 의심의 눈길을 보내는 때였잖니. 조머 아저씨가 적국의 여자애를 돕는 걸 누가 보기라도 하면 아저 씨는 엄청난 곤경에 빠지고 말겠지. 거기서 끝이 아니라 밀 라도 처벌을 받게 될 테고. 조머 아저씨가 그때까지 날 위해 한 일들이 너무너무 용감하고 너무너무 위험한 일인 것도 다 그런 이유란다."

"그래도 뭔가 방법을 찾아야죠!"

"흠, 로만 할아버지한테 생각이 있긴 했지. 듣는 사람이 있 는지 단단히 확인하더니 할아버지가 말했어.

'교회 옆쪽 길에 오래된 지하 하수 시설 입구가 있는데 그 끝이 게토 한가운데까지 연결돼 있어. 몇 년 전에 배수관에 문제가 생겼을 때 알았단다. 하수 시설이 막혀서 도로가 온 통 물바다가 됐거든.'

'하수 시설을 통해서 사람을 구해 올 수 있다는 말씀이세 요?'

내가 물었단다. 생각만 해도 몸서리가 쳐졌지.

'그게 가능한 유일한 경로다. 벽을 넘을 방법은 없으니까. 넘으려고 시도한 사람들도 있었는데 재앙으로 끝나고 말았어. 벽 밑으로 굴을 판 사람도 있었다는데 그 주변은 군인들이 밤낮으로 순찰을 돌고 있어. 솔직히 말하자면 하수 시설도 확신은 없다. 거기도 순찰을 돌고 있을지 모르고 어쩌면 아예 막혀 있을 수도 있으니까.'

난 애써 그 이상은 생각하지 않았단다. 밀라가 거기 있는지 없는지도 모르는 상황이니까. 아무것도 못 하고 조머 아저씨가 밀라 소식을 알아 오기만 기다리는데 정말 세상에서 제일 힘든 일이었단다, 캣.

그 뒤로 며칠 동안 밤이면 밤마다 오늘은 올까 하고 기다렸지만 아저씨는 오지 않았어. 난 악몽에 시달렸어. 꿈에서 조머 아저씨가 슬픈 얼굴로 뒷문으로 들어오는데 왜 그런지 물을 필요도 없었지."

"아저씨가 왜 안 오셨는데요?"

내가 묻자 아니아 할머니는 기다리라는 뜻으로 한 손을 들어 올렸다.

"우리도 알 수가 없었지. 사흘째 되던 날 밤인데 더는 못 기다리겠더구나. 그래서 한밤중에 몰래 빵집을 빠져나갔어. 진눈깨비가 마구 쏟아지는데 그렇다고 그만둘 순 없었어. 난 하수 시설을 살펴보러 나섰어. 로만 할아버지 말이 가능한 일인지 알아야 했어. 얼마나 위험천만한 일인지는 나도 알고 있었지. 하수구 앞을 비밀경찰이 지키고 있을 수도 있으니까. 난 최대한 빨리 눈에 띄지 않도록 가로등을 피해 가며 걸었단다.

교회 옆 광장에 도착해서 로만 할아버지가 말한 둥그런 하수구 뚜껑을 찾는 데 거의 30분이나 걸렸어. 더러운 눈 더미 아래 꼭꼭 숨어 있었거든. 난 있는 힘을 다해 뚜껑을 들어 올렸어. 그랬더니 그 아래 철 계단이 있더구나. 계단을 타고 내려가면 하수 시설로 연결이 됐지."

"그러다 무슨 일이라도 생기면 어떡해요? 미끄러져서 하수도에 빠지거나 독일군한테 들키면 어떻게 해요? 아무도 할머니가 어디 있는지 모르잖아요?"

"그래, 네 말이 맞아. 세상에 태어나서 내가 한 일 중에 제일 위험한 일이었단다. 기차에서 뛰어내린 것만 빼고."

할머니가 미소 지으며 이야기를 계속했다.

"그래도 난 계단 아래로 내려갔단다. 길거리보다 훨씬 춥고 칠흑처럼 캄캄했어. 바닥에 발을 디디기 무섭게 돌풍이 정면으로 불어닥치더구나. 좋은 징조였지. 하수 시설이 막혀 있지 않다는 뜻이었으니까. 로만 할아버지의 손전등을 들고 갔는데 불빛이 너무 약했어. 2미터 앞이 보일까 말까 했지. 하수도 안은 사방이 젖어 있었고, 숨을 내쉴 때마다 숨소리가 커다랗게 메아리쳤어.

난 계속 걸었단다. 발가락에선 감각이 사라졌고 빙판에 넘어지지 않으려고 맨손으로 벽을 짚어야 했지. 몇 날 며칠은 걸은 것 같은 기분이었지만 실제론 한 15분쯤 걸었을까. 그때 앞쪽에 빛이 들어오는 게 보였어. 출구였지. 그리고 목소리가 들렸어. 사람들이 폴란드어로 말하고 있었단다. 무슨 말인지 잘 들리진 않았지만 수용소 안에서 나는 소리란 건 알 수 있었어. 난 그걸로 충분했어. 안도의 한숨이 절로 나왔어. 로만 할아버지의 말이 맞았고 그 길을 따라가면 성공할 수 있다는 걸 확신했지."

"대단해요. 로만 할아버지한테 말씀하셨어요?"

"아니. 무서워서 못 했지. 그러고 나서 이틀 뒤였어. 밤에 자려고 다락문을 닫고 누웠는데 문 두드리는 소리가 나더구나. 나는 부리나케 내려가서 로만 할아버지가 문을 열어 주길 기다렸지. 그런데 꿈속에서랑 똑같이 조머 아저씨가 근심 가득한 얼굴로 들어왔단다. 순간 가슴이 철렁하더구나. 아저씨를 다시 눈 내리는 밖으로 밀어내고 문을 닫아 버리고 싶었어. 아저씨가 아무 말도 안 하기를, 그래서 무시무시한 소식은 안 들어도 되기를 바랐어. 하지만 아저씨는 입을 열고 뜻밖의 소식을 전했어.

'아니야, 네 친구는 거기 있다. 게토에. 그런데…… 그런데 몸이 좋지 않아. 안됐지만 정말 좋지 않아. 티푸스에 걸렸는데 상태가 위독해. 아마도…….'

난 조머 아저씨의 말을 막아 버렸단다. 그리고 아저씨 목에 팔을 두른 채 울고 또 울었어. 기쁨의 눈물이었지. 밀라가 거기에 있고, 살아 있으니까. 그 순간 나에겐 그거면 충분했단다."

다음 얘기를 기다렸지만 할머니는 휴식이 필요한 것 같았다. 난 숨을 깊이 들이마시고 앞뜰의 아름다운 침묵에 귀 기울였다. 간간이 나무에서 새가 푸드덕대는 소리, 멀리 차 지나가는 소리만 들릴 뿐이었다.

아니아 할머니를 힐끗 쳐다보았더니 할머니는 무릎 위에 팔을 올리고 고요히 길을 바라보고 있었다.

나는 조머 아저씨 그림 앞에 책상다리를 하고 앉아 바라보았다. 비닐 덮개를 걷고 더 자세히 들여다보았다. 그림은 거의 마무리된 상태였다. 머리카락과 수염에 질감을 더하는 작업만 조금 남아 있었다. 조머 아저씨에겐 마치 가로등 불빛 옆에 선 것처럼 그림자가 반쯤 드리워져 있었다. 모자를 단단히 눌러쓰고 군복 단추를 목까지 잠가서 무척이나 심각한 얼굴이었지만 아저씨의 눈을 들여다본 순간 나도 모르게 미소가 피어올랐다. 아저씨가 나를 향해 함께 미소 짓는 듯한 기분이 든 까닭이었다.

아니아 할머니는 캔버스 한구석에 이렇게 써 놓았다.

'선한 군인'.

할머니가 들려주었던 말이 불쑥 머릿속을 덮쳤다.

'우리를 둘러싼 세상은 어둠으로 가득했지만 아저씨의 마음속에는 어둠보다 더 많은 빛이 있었단다.'

조머 아저씨를 다시 응시했다. 그러자 문득 해야 할 일이 떠올랐다. 나는 줄리어스네 집 주소를 정확히 기억했다. 주피터클로스길 7번지. 수영장 근처여서 가는 길도 알았다. 줄리어스가 집에 있는지 없는지도 모르니까 도박이나 다름없었지만 시도는 해 볼 만했다.

"저, 중요한 일을 하러 가야 해서요. 금방 돌아올게요."

나는 할머니에게 말했다.

사과

잠시 뒤 나는 할머니 집 대문을 나서고 있었다. 그리고 엄마와 아빠가 수영장에 못 데려다줄 때면 젬과 함께 타고 가던 버스에 올랐다. 생각보다 훨씬 빨리 도착했다.

오래된 집들로 가득한 조용한 길이었다. 계단을 하나 올라 현관 앞에 도착했다. 놋쇠 문고리를 보자 주소를 제대로 기억한 게 맞나 헷갈리기 시작했다.

다른 방법이 없었다. 두드려 보는 수밖에는. 문고리를 세 번 두드린 다음 기다렸다. 아무 기척이 없었다. 기운이 빠져서 뒤로 물러섰다. 그때 갑자기 쿨럭하고 기침 소리가 들리더니 문이 벌컥 열렸다. 길고 밝은 금발의 키 큰 여자가 문 앞에 나타났다. 여자는 밝은 빨간색 스웨터를 입고 얼룩무늬 뿔테 안경을 머리 위에 올리고 있었다.

"안녕하세요. 여기가 줄리어스네 집 맞나요? 잘못 찾아왔나요?"

목소리가 바들바들 떨렸다.

"맞아. 내가 줄리어스 엄마야. 줄리어스 수영장 갔는데 금방 돌아올 거야. 들어와서 기다릴래?"

줄리어스의 엄마는 싱긋 웃으며 내게 들어오라는 손짓을 했다.

"너 온 거 알면 줄리어스가 진짜 좋아하겠다."

나는 마음이 바뀌기 전에 얼른 현관으로 들어섰다.

줄리어스네 엄마는 나를 거실로 안내했다. 얼마간 아니아 할머니의 집이 연상되는 거실이었다. 다만 할머니네 집이 도서관 같다면 이곳은 고물상 같았다. 가능한 모든 공간에 책과 잡지가 산더미처럼 쌓여 있었다. 희한한 점은 대부분 벽에 기대어 놓지 않았다는 것이었다. 책과 잡지가 온 거실에 반쯤 넘어질 듯 기우뚱한 탑처럼 서 있어서 나는 어디에도 부딪히지 않도록 있는 대로 신경을 곤두세우며 요리조리 지나가야 했다. 내 왼쪽으론 구식 전화기가 자연 관련 잡지 더미 꼭대기에 놓여 있었고 그 옆에는 티브이 가이드(텔리비전 정보 주간지 – 옮긴이) 탑이 꽃 한 송이가 꽂힌 분홍색 예쁜 화병을 떠받치고 있었다. 한 발만 잘못 내디뎌도 몽땅 와르르 무너질 상황이었다.

"아직 제대로 정리할 시간이 없었네. 알다시피 이사 온 지는 두어 주 됐는데 할 일이 좀 많아야지. 이 집은 내가 너만 할 때 살던 곳인데 이렇게 다시 돌아왔지 뭐야. 줄리어스 할머니를 돌봐 드려야 해서. 할아버지가 돌아가셨거든. 할머니가 복도 쪽 방에서 주무시니까 너무 크게 떠들진 말고. 보다시피 우리 어머니, 아버지가 뭘 너무 모아 놨단다. 솔직히 이게 다 어디서 온 건지도 모르겠어."

"수집하는 걸 좋아하셨나 봐요."

"그렇긴 해. 줄리어스는 맨날 새로운 것들을 발견하면서 재밌게 놀고 있단다. 며칠 전에는 우리 집안 문장을 새긴 아주 오래돼 보이는 방패를 찾았는데 아주 신이 났지. 역사적인 건 다 좋아하거든. 아무튼 조금씩 정리해야지. 그런데 주절거리기만 하고 내 소개도 제대로 안 했네. 난 샐리란다."

"저는 캣이에요."

"아, 네가 캣이구나! 줄리어스한테 얘기 들었어."

샐리 아줌마의 눈이 동그래졌다.

"진짜요?"

얼굴로 열기가 훅 솟으며 심장이 두방망이질했다.

"너 참 좋은 애라고. 줄리어스가 학교를 맘에 들어 해서 다행이지 뭐니. 잠깐 걱정했거든. 옐의 학교하고는 너무 다르니까. 줄리어스한테 너 같은 친구가 생겨서 기쁘다."

"네."

내가 대답했다. 내 얼굴은 분홍빛일 게 분명했다.

샐리 아줌마가 부엌에서 비스킷 한 접시와 주스를 가지고 왔다.

"편하게 기다리면서 먹어. 그런데 혹시 어제 줄리어스한테 무슨 일 있었는지 아니?"

샐리 아줌마가 내 옆에 앉았다.

"네?"

"점수를 잘 못 받았나, 어쨌나. 아무 일 없다고는 하는데. 물론 그런 말 하는 애가 아니니까. 그런데 뭐가 있는 것 같아."

"잘 모르겠는데요."

나는 거짓말을 했다. 그러고는 주의를 딴 데로 돌려서 신나는 이야기를 해 보려고 물었다.

"줄리어스가 수영 선수권 대회 나가서 기쁘시죠?"

"아, 그래. 걔가 원래 수영을 잘했어. 스코틀랜드 살 때 형이 바다에서 수영을 가르쳤거든. 네 살 때였는데 그다음부턴 수영이라면 자다가도 벌떡 일어났어."

그때 쿵 하고 현관문 닫히는 소리가 들렸다.

"나 여기 있어!"

샐리 아줌마가 문 쪽으로 걸어가며 소리쳤다.

줄리어스는 장미 한 다발을 들고 문 앞에 서 있었다. 머리가 아직 젖은 채 삐죽삐죽했다. 잡지 탑 뒤에 가려져서 줄리어스의 눈에는 내가 안 보였다.

"예쁘네. 어디서 샀어?"

"꽃 시장이 열렸는데 이것저것 한 다발에 1파운드씩 팔더라고. 엄마가 좋아할 것 같아서."

"너무 예쁘다. 그런데 친구도 한두 송이 주면 어때, 줄리어스?"

줄리어스가 나를 본 것은 그때였다. 충격과 불편함이 뒤섞인 표정이었다. 역시 이건 안 좋은 생각이었다. 정말로 안 좋은 생각.

집에 갈 핑곗거리를 찾으려는데 샐리 아줌마가 말했다.

"난 가서 할머니 괜찮으신지 보고 올게. 캣에게 집 구경 좀 시켜 줘."

나는 줄리어스를 따라 위층으로 올라갔다. 줄리어스도 나도 말이 없었다. 발밑의 마룻장이 삐걱거렸고 나는 벽을 따라 줄지어 걸린 흑백사진들을 들여다봤다. 스냅 사진이었다. 행군하는 군인들, 그네를 타며 웃고 있는 커플, 놀이터를 달리는 아이들. 마음에 쏙 들었다. 포즈를 잡고 찍은 우리 집의 사진들보다 순간의 감정이 훨씬 잘 드러나 보였다.

"여기야."

줄리어스가 문을 밀며 말했다.

우리는 벽 바깥으로 커다란 창이 나 있고 천장에 샹들리에가 걸린 넓은 방으로 들어갔다. 방 전체가 옛것과 새것의 완벽한 혼합이었다. 기둥 네 개가 솟아 있고 조각을 새긴 나무 프레임 침대에는 '반지의 제왕' 이불이 덮여 있고, 샹들리에에는 테니스공, 골프공, 크고 작은 구슬들로 만든 듯한 태양계가 매달려 있었다. 책장에는 '스타워즈' 피규어들이 나란히 놓여 있었다. 아래층과는 달리 티끌 하나 없이 깔끔했다. 줄리어스가 나를 보았고 입꼬리가 씰룩거렸다.

나는 침대 끄트머리에 걸터앉아 발만 내려다봤다. 더는 아무렇지도 않은 척할 수가 없었다.

"그런데 무슨 일로……."

"미안해. 문자 메시지 보낸 거 미안해."

나는 맘이 변하기 전에 작은 소리로 말했다.

줄리어스는 한참 말이 없었다. 바닥에 책상다리를 하고 앉아 나를 쳐다봤다. 나는 차마 줄리어스와 눈을 못 마주쳤다.

"사실 첫 번째 메시지를 받았을 땐 진짜인 줄 알았어. 한심하게도 누가 날 좋아한다는 걸 진짜로 믿어 버렸어. 반 전체가 날 놀림감 취급하는 줄 알았는데 기분이 한결 좋아지더라고. 그런데 두 번째 메시지를 보니까 알겠더라. 네가…… 네가 날 진짜 바보로 본다는 걸."

"아니야. 그런 거 아니야. 내가 보낸 거 아니야."

말을 하면서도 이 말을 누가 믿을까 싶었는데 역시 줄리어스가 미간을 찌푸리는 게 보였다.

"맞아. 내 전화기로 보낸 건 맞는데 그걸 쓰고 보낸 건 젬이야."

그래, 어차피 말해 버렸으니까 이젠 돌이킬 수도 없었다.

"그렇다고 내 잘못이 없다는 말은 아니야. 나도 젬 계획에 찬성했으니까. 얼마간은."

"무슨 계획?"

나는 우리 무리가 줄리어스에게 무슨 일을 벌이려고 하는지 정확히 말해 주었다. 그리고 가방에 구더기를 넣은 것도, 사복의 날 일을 꾸민 것도 우리라고 이야기했다.

"너였어? 난 남자애들인 줄 알았어. 뭐, 짓궂은 신고식 같은 거."

내가 틀렸다. 그날 줄리어스가 나를 본 건 범인으로 의심해서가 아니었다. 나를 친구로 생각하고 나도 같은 마음인지 알아보려는 거였다.

"아니야. 우리 반 남자애들 대체로 꽤 괜찮아."

"너랑은 다르게?"

질문이 펀치처럼 복부에 꽂혔다. 하지만 맞는 말이었다.

"나랑은 다르게."

나도 동의했다.

우리는 말없이 앉아 있었고 나는 무슨 말을 해야 할지 알수 없었다.

"그런데 우리 집엔 왜 왔어?"

불쑥 줄리어스가 물었다.

나는 줄리어스를 빤히 봤다. 너무 뻔하지 않나?

"우리가 하는 짓이 끔찍하니까. 더는 그런 짓 같이 하기 싫으니까. 처음부터 난 하기 싫었어. 그런데 빠지질 못했어. 난세 살 때부터 젬이랑 알았는데 뭘 할지 정하는 건 항상 젬이었어. 내가 다른 걸 하자고 하면 불같이 화를 내니까 젬이 무서웠어. 몇 주 동안 너한테 사실대로 말하고 싶었는데 너무겁이 났어."

내 말을 듣는 줄리어스의 눈썹이 높이 더 높이 올라가더니금색 앞머리 밑으로 사라졌다.

"난 네가 마음에 들었어. 아직도 그렇고. 친구가 될 수 있는 애라고 생각했어."

줄리어스가 말했다.

"나도 너 마음에 들어."

입 밖으로 소리 내어 말하면 이상할 것 같았는데 그렇지않았다.

"뭐 때문에 갑자기 말하기로 했어? 하필 오늘?"

"뭐 때문은 아니고 누구 때문이라고 해야겠지. '조머'라는

남자. 그리고 '아니아'라는 여자. 근데 조머가 성인지 이름인
지도 몰라. 좀 더 알아보려고."

줄리어스가 환하게 웃었다.

"나도 만나도 돼? 그 조머와 아니아?"

"조머 아저씨는 못 만나. 나도 그러면 좋겠는데 좀 이상한
상황이야. 이젠 여기 없어. 적어도 내 생각엔 없는 것 같아.
그런데 아니아는 소개해 줄 수 있어. 조머를 아주 잘 알거든.
너도 아니아를 정말 좋아할 거야. 그런데 만나기 전에 해 줘
야 할 얘기가 완전 많은데……."

"나 별 계획도 없어."

줄리어스가 무심하게 대꾸했다.

집에 가려고 일어서는데 줄리어스의 전화기에 문자 메시
지 알림이 울렸다. 줄리어스가 소리 내어 읽었다.

"'나 네 답 듣고 싶어서 미칠 것 같아. 수요일에 나올 거지?
나 너무 오래 기다리게 하지 마. ♥♥♥' 뭐라고 대답하지?
그냥 무시할까 봐."

무슨 생각이었는지 모르겠지만 나는 느닷없이 대담해졌
다. 지금 내가 한 일만으로도 어차피 젬은 펄펄 뛸 거다. 그러
니까 한 발짝 더 나간다고 해서 달라질 건 없었다.

"자기가 놓은 덫에 자기가 걸리게 해야지. 내가 대신 답장
보내도 돼?"

줄리어스가 내게 휴대 전화를 넘겼다.

나갈게. 너무 기대돼. 뭐 준비할 건 없어? ♥♥♥

예상대로 몇 분 뒤 또 문자 메시지가 왔다.

도착하면 장미 한 송이를 들고 네가 좋아하는 노래를 불러 줘.
안대 하고 오는 거 잊지 말고.
깜짝 이벤트를 망치면 안 되잖아. ♥♥♥

"내가 나갔으면 좋겠어?"
메시지를 읽더니 줄리어스가 물었다.
"네가 나갈 거라고 걔들이 생각하면 좋겠어. 우리도 젬을
위해 나름의 작은 깜짝 선물을 준비해 두자."

희망

줄리어스는 일요일 오후를 우리 집에서 아니아 할머니 이야기를 들으며 보냈다. 엄마는 직접 만든 초콜릿 브라우니를 내왔고, 아빠는 옐에 대해 질문을 늘어놓는 걸로 보아 줄리어스가 꽤 마음에 든 모양이었다.

줄리어스는 체스터를 무릎에 눕힌 채 내 침대에 앉아 이야기를 들었다. 어찌나 몰입하는지 순간순간 숨을 안 쉬나 싶기도 했다. 줄리어스는 엄마에게 두 번 전화를 해서 좀 더 있다 가도 되는지 물었다. 조머 아저씨가 빵집에 와서 밀라에 대한 놀라운 소식을 전해 주는 부분에 이르렀을 땐 거의 8시가 다 돼 있었다. 줄리어스는 가만히 앉아 그다음 이야기를 기다렸다.

"끝. 내가 아는 건 여기까지."

"안 돼. 밀라 구했는지, 못 구했는지 몰라?"

"아직."

"흠, 그럼 나머지는 언제 들을 수 있어?"

"화요일에 시도해 보자. 학교 끝나고 우리 집에 와서 같이 옆집에 가 볼래?"

내일 혼자 아니아 할머니를 만나서 줄리어스를 데려와도 괜찮은지 먼저 물어볼 생각이었다. 그러다 허락도 없이 할머니 이야기를 한 게 잘한 일인지 불안해졌다.

하지만 월요일에 아니아 할머니를 만나자 걱정은 눈 녹듯 사라졌다.

"정말 보고 싶구나. 내일 줄리어스 꼭 데리고 오렴."

할머니가 말했다.

다음 날 우리는 젬의 의심을 사지 않도록 따로따로 학교를 나섰다. 나는 휴대 전화를 돌려받았고, 젬은 토요일 일에 대해선 아무 말도 하지 않았다. 줄리어스와 나는 큰일을 앞두고 기밀을 누설하고 싶지 않았다. 또 줄리어스가 집으로 가는 길에 꽃집에 들를 일도 있었다. 줄리어스는 4시가 막 지나자 우리 집 앞에 나타났다. 손에는 아니아 할머니에게 줄 주황색 국화 한 다발을 들고 있었다. 할머니 마당의 국화와 같은 것이었다. 줄리어스는 귀빈이라도 만나는 것처럼 넥타이를 바로 하고 블레이저를 탁탁 털었다.

아니아 할머니는 공작새 치마에 립스틱 색과 맞춘 분홍색

세련된 윗옷 차림으로 문을 열었다.

"얘가 줄리어스예요."

할머니가 이미 알고 있지만 난 또 말했다.

"줄리어스, 아니아 할머니셔. 얘가 할머니 얘기를 너무 재미있어했어요. 특히 조머 아저씨 이야기요. 또 할머니 그림도 보여 주고 싶고요."

나는 줄리어스와 할머니를 번갈아 보며 이야기했다.

"잘 왔다, 줄리어스. 캣 친구면 너도 분명 멋진 아이겠지? 들어오렴."

할머니는 우리 둘을 선룸으로 데리고 갔다. 테이블에는 케이크와 간단한 샌드위치가 준비돼 있었다. 영화에 나오는 하이 티(영국에서 늦은 오후에 간단한 식사와 함께 차를 마시는 일 - 옮긴이) 같았다. 완성된 조머 아저씨의 초상화가 창가 이젤에 놓여 있었다.

"오랫동안 곁에 말동무가 아무도 없었는데 별안간 이렇게 멋진 어린 친구가 하나도 아니고 둘씩이나 생겼구나."

할머니가 조머 아저씨를 보며 말을 이었다.

"아저씨는 저에게 끝없이 행운을 가져다주나 보네요. 그렇죠?"

"이거 받으세요."

줄리어스가 문득 생각난 듯 국화를 내밀었다.

176

"앞마당에 같은 꽃이 있다고 캣이 말해 줬어요."

아니야 할머니의 볼이 붉어졌다.

"있긴 있지. 엉망으로 내버려 둬서 이젠 잘 보이지도 않지만. 부끄럽네. 그래도 이 꽃은 정말 예쁘구나."

할머니는 꽃을 꽃병에 꽂은 뒤 우리 옆으로 돌아와 앉았다.

"네 이야기 좀 해 주겠니, 젊은 친구?"

"저는 캣이랑 같은 반이에요."

한눈에도 할머니가 줄리어스의 마음에 들었다는 걸 알 수 있었다.

"스코틀랜드에서 이사 와서 전부 좀 새로워요. 그래도 적응하는 중이에요. 캣이 할머니 얘기를 해 줬어요. 들려주신 데까지 다요. 그다음에 어떻게 됐는지 얘기해 주실 수 있어요?"

"그럼. 어디까지 했는지 기억나는 것 같은데. 밀라가 살아 있다는 걸 안 데까지 아니었나?"

"네, 조머 아저씨가 와서 말해 줬어요."

할머니의 얼굴에 완전한 평화가 드리웠다.

"그래. 우리는 로만 할아버지의 부엌에 있었단다. 조머 아저씨는 누가 아저씨를 그렇게 꼭 끌어안은 게 아주 오랜만인 것 같았어. 얼떨떨한 얼굴이었지. 아저씨는 식탁에 앉더니 나를 뚫어져라 봤어. 전혀 들뜬 상태가 아니란 걸 알

앉지.

'원한다면 밀라한테 편지를 전해 주마. 그런데 오늘 밤에 쓰는 게 좋겠다. 곧 너무 늦어 버릴지도 모르니까. 밀라한테 편지 읽어 줄 만한 사람은 찾을 수 있을 거다.'

'밀라 글 읽을 줄 알아요. 학교 공부도 잘했어요. 일 등이었는데……'

'그런 뜻이 아니다, 아니아. 당연히 읽을 수 있겠지. 그런데 지금은 몸이 너무 쇠약한 상태라 누가 도와줘야만 할 거다.'

난 등줄기가 서늘해지는 기분이었어.

'밀라를 봐야겠어요. 직접 말할 거면 편지는 안 쓸래요.'

나는 고집을 피웠단다. 조머 아저씨가 한숨을 쉬더니 양손에 고개를 묻었어.

'네가 이럴까 봐 조마조마했다. 너한테 사실대로 말할까 말까 오늘 내내 고민한 것도 그것 때문이고. 그건 불가능해, 아니아. 밀라를 밖으로 데리고 나올 방법이 없어. 있다 해도, 안됐지만 이미 늦은 것 같다. 밀라는 위독한 상태야. 너도 알잖니. 티푸스는 끔찍한 병이다. 치료가 거의 불가능해.'

나는 조머 아저씨에게 악다구니를 쳤어. 그때까지 아저씨가 나한테 어떻게 했는데 참 말도 안 되는 행동이었지. 그런데 그 순간엔 분노가 나를 삼켜 버렸단다. 로만 할아버지가 나를 붙잡고 진정시키려고 했지만 나는 뿌리쳤어.

‘밀라를 만나야 해요. 만나게 해 주세요. 제가 길을 알아요. 시험도 해 봤어요.’”

“아, 제발. 밀라 찾는다고 할머니가 그렇게 애를 썼는데. 진짜 만나게 해 줘야 하는 거 아니에요?”

줄리어스가 버럭 소리쳤다.

“그게, 내가 전에 하수 시설에 내려갔다고 하니까 조머 아저씨는 하얗게 질렸어. 다리도 성치 않은데 미끄러지기라도 했으면 큰일 날 뻔했다고 구태여 또 알려 줬지. 그래도 속으론 내 의지가 얼마나 대단한지 감명받은 눈치였어. 아저씨는 하수구 입구를 어떻게 찾았는지, 터널 상태는 어떤지, 또 얼마나 걸은 뒤에 땅 위에서 목소리가 들렸는지 자세히 물었단다. 아저씨가 내적 전투를 벌이고 있다는 걸 알았지.

그리고 믿기 어렵겠지만 급기야 아저씨는 내 계획 쪽으로 생각을 바꿨단다. 로만 할아버지가 곧장 본인이 하수 시설로 들어가겠다고 나섰어. 조머 아저씨가 나는 절대 거길 또 가면 안 된다고 했거든. 두 사람에게 너무 감동해서 난 눈물을 멈출 수가 없었단다. 우리는 바로 다음 날로 작전을 계획했어. 한시가 급한 상황이란 걸 잘 알고 있었으니까.”

“그런데 하수 시설 반대편 입구는 어떻게 해요? 항상 군인들이 있잖아요. 조머 아저씨가 뭐 하는지 군인들이 볼 거 아니에요?”

위험한 상황들이 떠올라 내가 물었다.

"아주 좋은 질문이구나, 캣. 거기는 항상 군인들이 지키고 있지. 그런데 그 군인들은 조머 아저씨의 지휘하에 있었단다. 아저씨는 그날 밤 그 자리에 보초가 없도록 시간표를 짜고는 행정 착오로 넘어가기로 했지.

계획은 이랬단다. 한밤중에 조머 아저씨가 밀라를 하수구 입구까지 데리고 오는 거야. 군인들 눈에 띄면 의무실에 데려가는 중이라고 둘러댈 생각이었고. 그런 다음 로만 할아버지가 하수 시설을 통해서 밀라를 안전한 곳으로 데리고 오는 거지. 계획 전체가 엄청난 도박이었단다. 성공할 확률이 희박했으니까. 내가 두 사람의 목숨을 위태롭게 하고 있다는 것도 잘 알았어. 두 사람이 마음을 바꿀까 봐 난 차마 제대로 쳐다보지도 못했어.

로만 할아버지는 다음 날 새벽 3시 30분에 수용소 벽 쪽 하수구 입구에 있겠다고 조머 아저씨와 말을 맞추었어. 하수구 금속 뚜껑에서 똑, 똑, 똑 노크 소리가 세 번 울리면 땅 위로 나오기로 했지.

나는 떼를 써서 로만 할아버지하고 같이 집을 나선 다음에 하수구 다른 쪽 끝에서 기다렸단다. 그날 밤엔 날씨가 최고로 추워서 금세 손가락이 다 곱아 버렸지. 정확히 3시가 지나자마자 로만 할아버지가 지하로 내려갔고 나는 기다렸어."

"너무 무서워서 정신이 하나도 없었을 것 같아요. 기차에서 뛰어내릴 때보다 더 무서웠죠?"

내가 물었다.

"아, 백만 배는 더 무서웠지. 난 아무것도 할 수가 없는데 그저 한없이 기다려야만 했으니까. 일 분이 한 시간 같았단다. 명치에서 불길한 예감이 솟고 혹시 잡힌 건 아닌가 무시무시한 시나리오가 머릿속에 떠올랐어. 미칠 것 같은 공포가 목구멍까지 치솟아서 헛구역질이 났단다. 그런데 그때 무슨 소리가 들렸어. 발밑 어딘가에서 달그락거리는 소리와 씩씩대는 숨소리가 났어."

"무슨 소리였어요?"

줄리어스가 묻는 순간 줄리어스의 전화기가 울렸다. 늦었으니까 데리러 온다는 엄마의 전화였다. 줄리어스가 좀 더 있다 가겠다고 엄마와 입씨름을 했지만 줄리어스의 엄마는 허락하지 않았다.

"미안하지만 조급하게 굴지 않는 게 좋겠는데? 영국 사람들 말처럼 '문제의 핵심'에 거의 다 와 간단다."

아니아 할머니가 알 수 없는 미소를 지어 보였다.

"대단하시다! 밀라를 만났을까?"

밖으로 나와 엄마를 기다리며 줄리어스가 말했다.

"글쎄, 지금까진 못 만날까 봐 걱정했는데 얘기를 더 듣고 나니까 희망이 생겼어."

내가 솔직히 말했다.

"희망이라, 좋은 거지. 나도 최근에 희망이 약간 생기기 시작했어."

엄마가 차 세우는 모습을 보며 줄리어스가 나지막이 말했다.

깜짝 선물

걸 38은 함정에 빠진 건 아닌지 두려움에 떨며 빌크족 뒤를 따라 걸었다. 둘은 숲으로 숲으로 점점 깊이 들어갔고 마침내 공터에 도착했다. 그러자 걸 38의 눈앞에 놀라운 광경이 펼쳐졌다. 온갖 색깔과 모양의 음식들이 수북이 쌓여 있었다. 먹음직스러운 사과는 지구의 사과보다 훨씬 커다랬다. 토마토, 당근, 바나나, 무화과, 파인애플······ 눈 닿는 곳엔 어디나 먹을 것이 끝도 없이 펼쳐졌다.

걸 38이 이것저것 먹는 사이, 빌크족 수백 명이 공터를 에워싼 나무 뒤에서 나타났다. 역시 함정에 빠진 것이었나? 하지만 아니었다. 빌크들은 걸 38 주변에 옹기종기 모여들어 맛있는 음식들을 밀어 주었다. 걸 38을 위해 특별히 준비한 것들이었다. 빌크족은 걸 38과 친구가 되길 원했다.

"다 준비됐어! 오늘 루저 보이 작전 완료야."

수요일 아침 나를 보자마자 젬이 소곤거렸다. 젬의 얼굴에는 그 표정이 어려 있었다. 선생님이 글짓기 수상자, 수학 모의고사 일 등을 발표할 때 짓던 그 표정. 어차피 자기가 일 등이라는 걸 젬은 늘 알고 있었다.

"반 애들한테 이메일 거의 다 돌렸어. 다들 오늘 1시 45분에 거기로 올 거야. 빨리 보고 싶어 죽겠네. 점심시간 전에 걔한테 메시지 오면 꼭 알려 줘. 알았지?"

나는 고개를 끄덕였다. 월요일에 젬은 마지못해 겨우 내 전화기를 돌려줬다. 그러고는 툭하면 새 메시지가 왔는지 확인하려 들었다. 난 내버려 뒀다. 젬이 보낸 메시지에 어떻게 대응해야 할지 줄리어스가 알고 있었으니까.

점심시간이 됐다. 루비와 딜리가 얼마나 들떴는지는 한눈에도 보였다. 둘은 정신없이 학생 식당을 훑으며 줄리어스를 찾았다. 젬의 얼굴은 당장이라도 터질 것 같았다. 젬은 피자 크러스트 귀퉁이를 야금야금 뜯어 먹으며 손가락으로는 테이블 위를 타다닥타다닥 초조한 박자로 두드렸다.

"무슨 노래 부를까? 엄청 쪽팔린 거면 좋겠는데. 당연히 그러겠지만."

젬이 말하자 딜리가 대꾸했다.

"'반지의 제왕' 테마 송? 아니면 생뚱맞지만 한 번도 못 들어 본 스코틀랜드 노래? '올드 랭 사인' 같은 거. 도무지 감이 안 잡히는 애잖아. 안 그래?"

"뭔가 로맨틱한 뮤지컬 노래일 것 같아."

루비가 눈을 감고 말했다. 잠시 세레나데의 주인공이라도 되고 싶은 얼굴이었다.

"좋아, 정리해 보자. 다들 강당에 모이면 우리는 제일 마지막으로 들어갈 거야. 그래야 아무 상관 없는 것처럼 보이니까. 담임이나 다른 선생님들이 어떻게 알고 온다고 해도 현장에서 잡힐 순 없잖아."

젬이 말했다.

"혹시라도 전부 강당으로 모인다는 소릴 듣고 줄리어스가 겁먹고 달아나면 어떡하지?"

루비가 물었다.

"안 그래. 걱정 붙들어 매서. 캣이 작은 환영 파티를 마련해 놓고 반 애들 다 초대한 거로 생각할 거야."

1시 45분이 됐다. 우리는 강당 근처 여자 화장실에 숨어 있었다. 계획은 1시 50분까지 대기하는 것이었지만 47분이 되자 젬은 겁이 났는지 우리를 복도로 떠밀었다. 강당 문 안쪽에서 웅성거리는 소리가 났지만 웃음소리는 들리지 않았다.

"어떻게 되고 있어? 아직 노래 안 불렀지? 빨리 안 하고 뭐 하는 거야."

젬의 얼굴에 잠시 의혹이 스쳤지만 이내 사라졌다. 우리는 문밖에서 멈추었다. 심장이 고동쳤다. 마침내 루비가 문을 활짝 열었고 우리는 강당으로 들어갔다.

우리는 뒤쪽 무리 곁에 섰다. 안도의 한숨이 새어 나왔다. 줄리어스는 모든 걸 정확히 처리해 놓았다. '학교 연극 때문에 조명 연습'을 해야 한다는 우리의 핑계는 통했고 줄리어스는 밀리선트 선생님에게 열쇠를 받아 지금 조명실에서 밖을 내다보고 있었다.

무대를 비추는 분홍빛 스포트라이트는 생각보다 더 황홀하고 미스터리했다. 무대 가운데에는 장미 한 송이와 종이로 포장한 작은 공책 한 권이 놓여 있었다. 물론 뒤에서는 잘 안 보여서 그게 무엇인지 아는 사람은 나뿐이었다.

"뭐야? 쇼라도 시작하는 거야?"

앞줄의 누군가가 물었다.

잠시 기다려도 아무 일이 없자 결국 아룬의 목소리가 들렸다.

"내가 올라가서 확인해 볼게. 관객 참여형 작품 뭐 그런 거 아니야? 전에 한 번 해 본 적 있는데 단서를 잘 따라가야 해. 누가 계획했는지 모르겠지만 우리가 참여하길 바라고 있어."

아룬이 무대로 올라가서 두 개를 집어 들었다. 이 사이에 장미를 물고 아이들을 향해 찡긋 윙크를 하더니 포장된 꾸러미를 꼼꼼히 살폈다.

"와, 이거 젬한테 온 건데? 젬, 여기 있어? 와서 이거 받아 갈래?"

내 옆에 선 젬이 딱딱하게 굳는 게 느껴졌다.

"뭐야? 어떻게 된 거야?"

"너한테 온 거래. 올라가서 받아."

우리 앞쪽의 누군가가 말했다.

"나, 나한테 온 거 아니야."

"맞아."

아룬이 신나서 떠들었다.

"이리 와서 받아, 젬. 아니면 내가 대신 뜯어 볼까? 아, 이 것 참! 그래야 할 것 같네."

아룬이 포장지 끝을 찢을 것처럼 반대쪽 손을 들어 올리자 젬이 버럭 소리쳤다.

"안 돼!"

젬이 아이들 사이를 헤치고 앞으로 나가 무대로 올라가더 니 아룬의 손에서 꾸러미를 홱 낚아챘다. 그러고는 옆쪽 계단 을 달려 내려가 강당 문을 양쪽으로 열어젖히고는 사라졌다.

아이들이 불안한 듯 술렁대기 시작했다. 나는 배 속에서 보글거리는 들뜬 웃음을 꾹 눌렀다. 성공이었다. 우리의 계 획은 기대보다 훨씬 더 성공적으로 끝났다. 옆에서 딜리가 안절부절못하며 손톱을 물어뜯었다.

"아, 안 돼! 안 돼! 이제 어떡하지? 포장지 안에 뭐가 든 거야?"

어깨를 으쓱해 보였지만 나는 알고 있었다. 당연히. 그리고 아는 정도가 아니라 모두 다 내가 벌인 일이었다. 나는 더 이상 두렵지 않았다. 내 글씨를 감추려고 하지도 않았다. 포장지에는 그냥 '젬을 위해'라고만 적었고, 안에는 특별히 젬을 위해 스캔해서 만든 걸 38 복사본을 넣어 두었다.

다른 아이들은 무슨 뜻인지 알 수 없는 미스터리한 상황이었다. 젬이 한 짓을 모두에게 알려서 망신 줄 마음은 없었다. 나는 그냥 잠시만이라도 젬이 느끼길 바랐다. 자기가 계획한 '작전'의 대상이 되는 기분이 어떤지를. 자기가 '호크아이'란 걸 젬은 바로 알아차릴 거다.

딜리와 루비는 이 상황에서 해야 할 올바른 일은 젬을 쫓아가는 거라고 판단했지만 나는 자리에 남았다. 나머지 아이들은 곧 지루해져서 실패한 장난쯤으로 여기며 교실로 돌아가기 시작했다.

"뭘 하려던 거야?"

남자애 한 명이 중얼대는 소리가 들렸다.

나는 모두 나갈 때까지 남았다가 계단을 뛰어 올라가 조명실로 들어갔다. 줄리어스가 기다리고 있었다.

"완벽한 성공이야. 뭔가 달라지면 좋겠어."

내가 말했다.

"최소한 자기가 괴롭힌 애들에 대해서 생각은 해 보겠지."

줄리어스가 환하게 웃으며 계속했다.

"야, 근데 이 조명실 엄청나다. 나, 조명 기사 될까 봐. 이것 봐. 여기 장치들 가지고 멋진 걸 엄청나게 많이 만들 수 있어."

줄리어스는 색이 다른 조명 세 개를 무대에 빙빙 돌려서 디스코장 같은 분위기를 만들었다.

젬은 점심 조회 때도, 그날 마지막 수업인 두 시간짜리 화학 시간에도 내게 말 한마디 하지 않았다. 보란 듯이 루비와 자리를 바꿔서 내 옆자리를 피했다. 젬, 루비, 딜리 모두 내게 눈길조차 안 주었다. 놀랍지도 않았다. 우리의 우정이 끝났다는 걸 알았지만 이상하게도 신경 쓰이지 않았다. 마음이 가벼웠고 얼마 만에 느껴 보는 기분인지 모를 만큼 즐거웠다.

무슨 일을 벌이려던 건지 알아내려는 듯 아룬이 젬 쪽을 흘끔대는 게 보였다. 아룬은 무대에서 주운 장미를 아직 가지고 있었다. 종례 시간에는 손가락 사이에 줄기를 넣어 뱅뱅 돌리며 이리저리 돌아다녔다. 젬은 아룬이 장미를 건네길 바랐을까.

학교가 끝난 뒤, 나는 교문에서 줄리어스를 기다렸다가 우리 집에 같이 가자고 했다. 엄마의 초콜릿 브라우니로 축하 파티를 연 다음 옆집으로 갈 생각이었다. 밀라가 어떻게 됐는지 듣기에 딱 좋은 시간이었다.

문제의 핵심

"이리로 이사 와서 슬퍼? 옐이 그립지?"

우리 집 앞길로 접어들며 내가 물었다.

"응. 아빠랑 형이 제일 보고 싶어. 아빠하고는 매일 밤 전화하려고 하는데 형은 학교가 바쁜가 봐. 그래도 문자 메시지는 거의 매일 해. 바다도 그리워. 매일 학교 가는 길에 바다를 보면 오늘은 바다가 어떤 기분인지 바로 알았어. 파도가 미칠 듯이 부서지고 있으면 진짜 화가 난 거고, 구름거울처럼 잔잔하면 이제 뭘 할까 생각 중이구나 했어. 고요함이 그리울 때도 있고."

"고요함? 무슨 뜻이야?"

"여기는 한밤중에 다 끄고 침대에 누워도 소음이 있잖아. 차 지나가는 소리도 웅웅 들리고, 길에서 소리치는 사람도 있고. 옛날 집에선 완벽한 정적이었어. 창문에 부딪히는 바람 소리 말고는."

나는 몸이 부르르 떨렸다.

"으스스한데."

"으스스? 아니야. 집인데 뭐. 그래도 여기 온 게 슬프진 않아. 모험이랄까. 처음엔 다 겁났는데 아빠가 그랬어. 두려운 상황에서는 좋은 사람들을 찾아 보라고. 그래서 지금 그러는 중이야."

이상했다. 꼭 아니아 할머니가 내게 해 줄 법한 이야기였다.

요 며칠 날이 쌀쌀해져서 할머니는 이제 마당에 나와 있지 않았다. 할머니를 따라 거실로 들어가자 벽난로가 타고 있고 부엌에서는 갓 구운 빵 냄새가 솔솔 풍겼다.

"너희를 생각하면서 만들었단다. 난로를 떼기에 밖이 아직 너무 덥다는 건 아는데 오늘 너희가 올 것 같은 기분이 들었어. 그래서 빵집 분위기를 만들고 싶었단다. 그럼 마치 거기에 있는 것 같지 않겠니? 한 조각 잘라 줄까?"

"그럼요. 냄새가 어마어마한데요."

줄리어스가 말했다.

우리는 눈앞에서 춤추는 불길을 바라보며 앉았다. 나는 버터 향 가득한 맛있는 빵과 고소한 브라우니를 차례로 맛보면서도 밀라의 운명을 들을 생각에 긴장이 풀리질 않았다.

"'문제의 핵심'에 다다랐다고까지 하셨어요. 그래서 발밑에서 소리가 들린 다음에 어떻게 됐어요?"

내가 초조하게 물었다.

"음······"

아니아 할머니가 운을 떼며 들고 있던 화장지를 꼭 쥐었다.

"소리를 듣자마자 전속력으로 사다리를 타고 내려가서 앞쪽으로 손전등을 비췄단다. 처음엔 축축한 흙벽 말고는 아무것도 안 보였어. 잘못 들은 건가 슬슬 걱정이 됐지. 그런데 그때 로만 할아버지가 보이더구나. 손전등 불빛에 어깨에 누군가를 둘러맨 경이로운 노인이 비쳤지. 어깨 위의 사람은 너무나 작고 여위어서 곧 부서질 것 같았어. 그런데 몇 미터 떨어진 거리에서도 단박에 알아봤단다. 밀라였어."

"밀라였어요!"

나는 벌떡 일어나 아니아 할머니를 끌어안았다. 할머니의 메마른 볼이 내 교복 셔츠를 쓸었다.

"할머니가 해냈어요!"

줄리어스가 소리쳤다.

"나는 로만 할아버지 팔에서 밀라를 내린 다음 있는 힘껏 꼭 끌어안았단다. 그 순간엔 세상에 오직 우리 둘뿐이고 다른 건 아무것도 없었어."

192

할머니가 나지막이 말했다. 그러고는 목소리가 떨리더니 가만히 손을 내려다봤다. 무슨 말인가 더 하려는 듯 입술을 달싹였지만 말은 나오지 않았다.

침묵이 투명한 실에 매달린 채 우리 가운데 걸렸다. 나는 줄리어스를 힐끗 보았다. 줄리어스도 나처럼 입을 열어 실을 끊을 생각은 없어 보였다. 아니아 할머니는 할머니의 시간에 맞춰 이야기를 이어 갈 테니까.

"난 그 순간이 현실이란 걸, 밀라가 진짜로 내 품 안에 있다는 걸 실감하려고 한동안 애를 썼단다. 밀라는 곧 부서질 것 같았어. 그림자처럼 손가락 사이로 스르르 빠져나갈 것만 같았지. 밀라를 꼭 안으니까 밀라를 감싼 스웨터 아래로 등뼈들이 느껴졌어. 두꺼운 털실로 짠 남색 스웨터였는데 분명 조머 아저씨의 것이겠구나 싶었어. 밀라가 작게 가쁜 숨을 내쉬다가 잠깐 눈을 떴는데 날 봤는지 어쨌는지 알 수가 없더구나.

난 작은 소리로 밀라의 이름을 부르고 또 불렀단다. 그러다 어느 순간 반짝하고 밀라가 알아들은 것 같았는데, 그 순간은 눈 깜짝할 사이에 사라져 버렸지. 로만 할아버지하고 나는 밀라를 빵집으로 데리고 왔어. 난 너무 충격을 받아서 문 앞에 시꺼멓게 사람이 서 있는데도 몇 미터 앞에 갈 때까지 몰랐단다."

"군인이었어요?"

"아니, 아니. 조머 아저씨가 보낸 젊은 의사였어. 불안해서 어쩔 줄 몰라 하면서 그 자리를 피하고 싶은 기색이 역력했어. 조머 아저씨한테 도움받은 게 있는 모양이라고 생각했지.

나는 부엌 뒤쪽 소파에 밀라를 눕히고 물을 데워서 로만 할아버지가 목욕할 때 쓰는 커다란 양철 욕조에 채웠어. 그러고는 밀라의 얼굴과 팔다리를 씻겼지. 팔꿈치는 툭 튀어나오고 종잇장같이 파리한 피부밑으로 뼈 윤곽이 그대로 드러났어. 몇 분에 한 번씩 죽을 듯 기침을 해 댈 때마다 온몸이 찢어질 것 같았어. 게다가 검붉은 두드러기까지 가슴에서 어깨로 배로 끔찍하게 퍼져 있었어. 온몸을 모기한테 뜯긴 것 같았단다.

의사는 밀라를 꼼꼼히 진찰했어. 맥박을 재고 숨소리를 듣고 눈꺼풀도 살살 뒤집어 봤어.

그러더니 드디어 말했지.

'아주 심각한 티푸스입니다. 제 소견으론 더 이상 처치할 것이 없습니다. 너무 심각하게 진행된 상태라서요. 운이 좋으면 일주일 정도 남았어요. 그저 따뜻하고 편안하게 해 주고 수분을 많이 섭취하게 하는 게 최선입니다. 그러면 잠깐 이야기할 정도로 의식이 돌아올 수도 있어요. 마지막으로…… 어쩌면 작별 인사 할 기회가 있을지도 모릅니다.'

의사가 마지막 몇 문장을 조그맣게 변명하듯 이야기하는데 난 받아들일 수가 없었어."

아니아 할머니가 말하더니 별안간 한 번도 못 본 성난 얼굴이 되었다.

"왜요? 거짓말인 줄 알았어요?"

줄리어스가 물었다.

"아니, 티푸스 얘기는 의사 말을 믿었어. 그렇지만 밀라가 나을 수 있다고 생각했지. 로만 할아버지는 내가 무척 화가 났다는 걸 알아챘어. 할아버지는 새로 나온 약 얘기를 들었다면서 의사한테 빌다시피 했어. 새 약은 항생제였지. 처음에 의사는 주려고 들질 않았어. 가망 없는 일에 얼마 되지도 않는 약을 낭비하고 싶지 않다면서. 그런데 내가 얼마나 싸웠을지 안 봐도 알겠지?"

"그래서 줬어요?"

"달리 방법이 없었지. 약을 안 주면 못 나간다고 막았거든. 그다음 며칠 동안 밀라는 거의 잠만 잤단다. 로만 할아버지는 빵집 일을 해야 하니까 나 혼자서 밀라를 돌봤지. 약 먹을 때만 잠깐 일어나서 물을 잔뜩 마시고 죽은 새 모이만큼 먹었어. 삼킬 수 있는 게 그것밖에 없었단다. 나흘째 되던 날, 얼굴을 씻기는데 밀라가 처음으로 제대로 초점을 맞춰서 나를 보았어.

'아니아?' 하고 머뭇머뭇 묻는데 환청을 듣는 줄 알았지."

"괜찮아지는 거였죠?"

내가 작은 소리로 묻자 아니아 할머니가 나를 향해 빙긋 웃었다.

"그래. 밀라가 내 이름을 부르는 순간 이제 괜찮을 거라는 확신이 생겼단다."

이야기의 끝

"그렇다고 그때부터 바로 수월하게 회복한 건 아니었어. 여전히 몹시 힘들고 더뎠지. 그래도 로만 할아버지는 우리가 원하는 만큼 빵집에 있게 해 줬고, 드디어 약도 효과가 나타나기 시작했단다. 5주 정도 지나니까 밀라는 음식다운 음식을 먹게 됐고, 또 일주일이 지나서는 내 도움 없이 걸을 수 있었지. 그즈음 밀라는 기운을 좀 차려서 전보다 오래 깨어 있을 수 있었어. 그래서 마을 성당 밖에서 마지막으로 본 이후에 무슨 일이 있었는지 모두 들려주었단다."

"진짜로 끔찍했대요? 사람들이 죽는 것도 봤대요?"

무슨 얘기를 듣게 될지 조마조마해하며 내가 물었다. 언젠가부터 나는 세상에서 가장 어두운 곳, 벽 너머 마을의 삶에 대해 머릿속에 이미지를 쌓고 있었다.

"그래, 많이. 누구는 굶어 죽고, 누구는 병들어 죽고. 밀라

197

하고 친하게 지낸 어린 남자애가 있었는데 밀라는 그 애가 살아남기를 간절히 바랐단다. 자기 몫으로 배급받은 얼마 안 되는 음식을 대부분 그 애한테 주었지. 그런데 슬프게도 티푸스가 그 아이의 목숨을 빼앗아 갔어. 밀라는 자기 노력이 헛되다고 생각하지 않았어. 오히려 기뻤단다. 그 아이를 도울 수 있었고, 그 아이가 죽기 전에 자신이 사랑받는다는 걸 알았을 테니까. 밀라는 그렇게 놀라운 사람이었어.

밀라가 처음 게토에 도착했을 때 군인들이 소지품을 모조리 빼앗아 갔어. 그런데 그 전에 줄을 서서 기다리는 동안 무슨 상황인지 알아채고는 용케 작은 종이 두 장을 러닝 속에 숨겼어. 밀라는 그 종이들을 심장 가까이에 간직하고는 너무 겁이 날 때면 꺼내 보곤 했단다. 하나는 일찌감치 헤어진 엄마의 사진이었고, 다른 하나는 내가 그린 그림이었지. 창가에서 서로 모스 부호를 보내는 우리의 모습이었어.

밀라가 말했단다.

'게토의 방에서 깨지고 더러운 꼭대기 유리창을 보면서 저 어둠 속에 모스 부호가 깜빡이면 얼마나 좋을까 하고 바란 적이 많았어.'

'깜빡였을 거야.'

내가 대꾸했지.

'깜빡였을 거야.'

밀라도 맞장구쳤단다.

*

"그래서 밀라는 어떻게 됐어요? 지금 어디에 있어요?"

줄리어스가 안절부절못하며 물었다.

몇 시간은 이야기를 들은 느낌이었다. 줄리어스가 아무 말
안 했으면 얼마나 좋았을까. 분위기가 다 깨져 버렸다. 내 머
릿속의 나는 여전히 십 대 아니아와 함께였다. 밀라의 침대
맡에 서서 밀라의 손을 잡고 계속 힘을 내라고, 좀 더 힘을 내
라고 기도하는 아니아.

아니아 할머니는 울고 있었다. 굵은 눈물방울이 푹 파인
뺨으로 흘러내리자 할머니는 물감이 튄 손으로 쓱 닦아 냈
다. 하지만 할머니는 동시에 미소를 짓고 있었다.

"밀라는, 음, 슬프지만 이제 여기 없단다. 다른 좋은 표현
이 있지. 세상을 떠났다고. 한 사람의 영혼이 우리 손에서 벗
어나는 때를 참 아름답게 묘사하는 말이지 뭐냐."

"결국 돌아가셨어요? 할머니가 그렇게 구했는데도요?"

줄리어스가 충격을 받은 듯 물었다.

"보여 줄 게 있단다."

아니아 할머니가 앵무새 지팡이를 부들부들 떨며 일어섰

다. 내가 도우려고 했지만 할머니는 손사래를 쳤다.

"여기서 기다리렴. 금방 올 테니."

돌아온 할머니는 사진 액자를 들고 있었다. 전에 할머니 거실 책장에서 본 기억이 났지만 그땐 제대로 보지 못했다.

줄리어스와 나는 사진을 유심히 들여다봤다. 사진 가운데 젊은 신혼부부가 서로의 눈을 응시하고 있었다. 아름다운 신부는 몸에 꼭 맞는 하얀색 하이칼라 드레스를 입고 있었다. 짙은 색 머리는 고대 그리스풍으로 땋아 머리에 둘렀다. 신부 왼쪽에는 하늘하늘한 물방울무늬 원피스를 입은 다른 여자가 꽃다발을 쥔 채 카메라를 똑바로 보며 웃고 있었다. 머리 모양도 다르고 키도 제법 컸지만 한눈에도 아니아 할머니였다.

"밀라 결혼식에서 찍은 사진이란다. 정말 환상적으로 화창한 7월의 맑은 날이었지. 밀라는 사범 대학에서 남편을 만났는데 두 사람은 정말 행복하게 살았단다. 아이도 셋 있는데, 지금은 전 세계 여기저기에 흩어져 살지. 줄리어스, 네 질문에 대답하자면 밀라는 죽었단다. 우리 모두 언젠가는 죽는 것처럼. 그래도 불과 몇 년 전의 일이란다. 그렇게 극심한 티푸스를 앓고도 살아나서 거의 깨끗하게 회복한 걸 보고 다들 깜짝 놀랐지. 밀라는 우리가 자란 마을 근처에서 가족과 함께 오래오래 행복하게 살았단다."

"그런데 그전에는요? 전쟁에선 어떻게 살아남았어요? 조머 아저씨는 어떻게 됐고요?"

줄리어스가 물었다.

"아, 우리는 그 빵집에 2년 가까이 머물렀단다. 내가 빵이라면 전문가라고 생각하는 이유가 거기에 있지. 빵집은 안전한 곳이었단다. 우리는 눈에 잘 안 띄는 뒷방에서 지냈고, 다들 로만 할아버지를 믿었으니까. 군인들도 할아버지는 안 건드리는 눈치였어. 아마 자기들의 식량 대부분이 할아버지의 오븐에서 나오니까 그랬겠지.

조머 아저씨는 몇 주에 한 번씩 우리를 보러 왔어. 늘 예고도 없고 한밤중이었지. 아저씨는 밀라가 회복한 걸 보고 정말 감동했단다. 우리를 만날 때면 우리만큼이나 아저씨도 기쁜 표정이 역력했지. 밀라와 내가 거기 머무는 동안 아저씨는 사령관으로 승진했어. 처음엔 새 직책이 꺼려지는 눈치였어. 그런데 아저씨는 곧 커다란 장점이 하나 있다는 걸 깨달았단다. 동료 누구도 아저씨가 하는 일에 토를 다는 일이 거의 없다는 거였어. 아무도 대놓고 말하진 않았지만 난 아저씨가 밀라를 도운 방법으로 다른 사람들도 돕고 있다는 걸 알았어. 아저씨가 로만 할아버지하고 도시 여기저기에서 사람들을 받아 줄 연락책 얘길 하는 걸 우연히 몇 번 들었거든.

그런데 빵집에서 산 지 2년째 되던 해 3월 초였어. 조머 아저씨가 다른 지역으로 전근을 갔단다. 아저씨 소식을 듣고 싶었지만 한 번도 듣질 못했어. 이상한 건, 밀라의 말이 인생의 모든 중요한 순간마다 항상 아저씨가 함께 있는 것 같은 느낌이라는 거야. 나도 딱 그랬거든. 예를 들자면 여기에도 아저씨가 몰래 다녀갔을 거란 확신이 든단다."

아니아 할머니가 손가락으로 결혼사진을 톡톡 두드렸다.

"마침내 로만 할아버지가 이젠 마을로 돌아가도 안전하다는 말을 듣고는 친구들을 통해서 교통편을 알아봐 줬어. 그렇게 해서 기차에 오른 지 2년 반 만에 드디어 집으로 돌아가게 됐단다. 우리 가족은 기적적으로 전부 전쟁 통에 살아남았어. 아빠는 몇 달째 행방을 모르고 엄마와 형제들은 숨어 지냈지만. 밀라의 엄마는 슬프게도 다시 못 찾았어. 밀라는 힘들어했지만 내 생각엔 게토로 가는 길에 헤어진 그 순간, 마음 깊은 곳에선 이런 상황을 예상한 것 같아. 밀라는 우리 집에서 함께 살았단다. 정말 행복했지."

나는 사진을 들고 손가락으로 젊은 아니아의 얼굴 윤곽을 훑으며 그 모습이 사라지기 전 마지막 순간을 잡으려 애썼다. 이제 끝났다는 묘한 공허함이 밀려왔다.

"감사해요, 할머니. 감사해요, 이야기 들려주셔서."

"들어 줘서 내가 고맙지. 그거 아니? 아무한테도 이렇게 처음부터 끝까지 다 얘기한 적은 없었단다."

할머니 역시 이야기가 끝난 것이 아쉬운 것 같았다.

"이제 다시 얘기 들으러 올 일은 없겠지?"

할머니가 무릎에 올린 양손을 깍지 끼며 한숨을 쉬었다. 이젠 우리가 할머니를 보러 오지 않을 거라 생각하는 게 확실했고 그 모습에 난 믿기지 않을 만큼 슬퍼졌다.

"다른 사람들한테 할머니 얘기 들려주고 싶지 않으세요? 할머니만 원하시면 들을 사람은 얼마든지 있을 것 같아서요."

줄리어스가 작은 소리로 물었다.

할머니가 고개를 들고 우리를 봤다.

"학교에서 제2차세계대전을 공부하거든요. 전쟁을 직접 겪은 분이 수업에 와 주시면 역사 선생님도 진짜 좋아할 거예요. 오실 수 있어요?"

줄리어스가 희망에 부풀어 물었다.

찰나의 순간 할머니의 얼굴에 미소가 스쳤다.

"글쎄다, 아이들이 듣고 싶어 할지……."

"당연히 듣고 싶죠! 제가 물어볼까요?"

내가 끼어들었다.

"그래, 그러려무나. 그런데 선생님이 거절해도 난 아무렇지 않단다. 진심이야. 너희한테 얘기한 것만으로도 충분해."

완성작

그 주 금요일 오후에 줄리어스와 나는 학교 안내 데스크로 아니아 할머니를 맞으러 갔다. 할머니는 특별한 날에 맞춰 옷을 차려입고 있었다. 또 앵무새가 안 보이는 거로 보아 그날은 무릎도 괜찮은 듯했다.

"아휴, 떨리네. 몇 년 동안 많은 사람들 앞에서 말을 해 본 적이 없었어. 난 무대 공포증이 무척 심하거든."

할머니가 학교 안내 책자로 얼굴에 부채질을 했다. 그러자 줄리어스가 말했다.

"그러지 마세요. 다들 완전 빠져들 거예요. 그냥 캣이랑 저만 듣는다고 생각하세요. 아시잖아요. 우리가 보기엔 할머니 엄청 대단하세요."

물론 줄리어스의 말은 맞았다. 아니아 할머니는 나와 줄리어스가 들은 것보다 훨씬 짧은 버전으로 이야기해야 했지만 다들 빨려들었다. 젬은 루비와 딜리에게 어디서 저런 '따분한 할망구'를 데려왔냐고 하면서도 정신을 팔고 들었다.

젬이 그런 소리 하는 걸 들었을 때 나는 피식 웃음이 터졌다. 그리고 깨달았다. 더는 젬이 두렵지 않다는 걸. 왜 그렇게 긴 시간 동안 젬이 내 인생을 쥐락펴락하도록 두었는지 의아할 지경이었다. 내가 웃는 걸 보고 젬은 눈을 부라렸지만 표정에는 앞으로 어떤 학교생활이 펼쳐질지 불안한 기색이 역력했다. 이젠 너무 많은 것이 변해 버렸으니까.

강당 사건 이후로 젬을 바라보는 반 아이들의 시선 역시 달라졌다. 나중에 보니 아룬은 젬이 그 일로 나와 줄리어스를 어떻게 손봐 줄지 얘기하는 걸 우연히 들었고, 구더기 사건과 사복의 날 배후에도 젬이 있었다는 걸 알게 됐다. 아룬은 젬과 만나기로 한 걸 취소했고, 젬은 처참한 상황이 되었다.

줄리어스와 나는 아룬 무리와 점차 많은 시간을 보내기 시작했다. 다들 엄청나게 재미있는 아이들이었다. 제이스는 나처럼 만화에 꽂혀 있었는데, 나는 제이스와 우리 반 여자애해나와 함께 매주 화요일 점심시간에 만화 클럽을 시작하기로 했다. 우리는 서로의 만화를 읽고 어떻게 하면 더 좋을지 제안해 줄 거다.

"역사는 그 시대를 직접 살아온 사람들에게 배우는 게 최선이라는 거, 여러분도 동의할 거라 생각해요. 오늘 얀코프스키 부인께 들은 이야기도 정말 깊은 영감을 주는 이야기였어요."

시모어 선생님이 말했다.

그날 오후, 나는 줄리어스와 함께 학교를 걸어 나왔다. 하늘은 곧 어두워질 테고 공기 중엔 산들바람이 느껴졌다. 나는 줄리어스의 팔짱을 끼고 아빠 차를 향해 걸었다. 이렇게 행복했던 게 얼마 만인지 기억도 안 났다.

아빠는 우리를 아니아 할머니의 집에 내려 주었다. 우리는 거실 탁자에 둘러앉았다. 요즘 아니아 할머니는 거실 창밖을 내다보는 걸 좋아한다. 줄리어스가 놀라운 솜씨를 발휘해서 앞마당의 덤불을 정리하고 잔디도 깎아 놓았기 때문이다. 드디어 할머니는 할머니의 아름다운 달리아와 국화를 감상할 수 있게 됐다.

줄리어스가 무슨 기념 컵케이크를 가지고 와서 함께 먹은 뒤 아니아 할머니가 말했다.

"깜짝 놀랄 일이 있단다. 눈을 감으렴. 그래, 앞으로 몇 발짝 나오고. 흠, 이제 눈을 떠도 좋아."

눈을 뜬 순간 탄성이 터졌다. 선룸의 큰 벽 가운데에 숨이 멎을 것 같은 총천연색의 밀라 초상화가 있었다. 땋은 머리는 아름다운 암갈색이었고 한 올 한 올 붓질이 세심했다. 양 볼은 서로 다른 음영으로 발그레했고, 주근깨는 꿀 빛깔로 정성껏 점점이 칠했다. 하지만 가장 압도적인 것은 밀라의 눈이었다. 하늘, 바다, 사파이어…… 수없이 많은 환상적인 빛깔이 마당 창으로 들어오는 햇빛을 받아 춤을 추었다. 저 두 눈이 아니아 할머니를 얼마나 많이 웃음 짓게 했는지 고스란히 느껴졌다.

밀라의 초상화 옆에는 조머 아저씨의 초상화가 있었다. 두 그림은 마치 조머 아저씨가 어떤 곤경도 없을 거라며 밀라를 보호하는 눈길로 바라보듯 놓여 있었다.

"네 덕분에 밀라에게 생기를 불어넣을 수 있었단다. 너한테 우리 이야기를 시작하면서 그림도 다시 시작했는데 완성할 때까진 보여 주기 싫더구나. 알다시피 밀라를 찾겠다는 나의 비밀 여정은 결국 성공을 했어. 과연 할 수 있을지 의구심이 드는 순간도 수없이 많았지. 그런데 단순히 밀라를 찾는 일만은 아니었다는 생각이 드는구나. 다정함을 찾는 여정, 어둠 속에서 한 줄기 빛을 찾는 여정이었단다."

"멋져요. 정말 멋져요."

내가 두 개의 초상화를 응시하며 말했다.

"나한테 아직 갚을 거 있다는 거 잊으면 안 된다."

"그게 뭐죠?"

"걸 38. 내 이야기를 다 마치면 바로 완성작을 보여 주기로 약속했잖니."

나는 활짝 웃었다.

"내일 보여 드릴게요."

마지막 장면을 마무리해야 했다. 젬에게 준 부분에는 넣을 시간이 없었지만 꼭 포함해야 할 아주 중요한 부분이었다.

빌크족은 걸 38을 도와 우주선 승무원들에게 음식을 가져다주었다. 승무원들은 모두 걸 38에게 경외심을 느꼈다. 반쯤 수리한 우주선 주변에 둘러앉아 과즙이 뚝뚝 떨어지는 산딸기를 먹으며 저렇게 조그만 사람이 거대한 늑대 무리를 어떻게 제압할 수 있었을지 궁금해했다. 걸 38이 빌크족 왕의 심장에 치명적인 화살을 명중시켜서 모두 두려움에 떨게 된 게 분명하다고들 생각했다. 그러나 진실을 아는 것은 오직 걸 38뿐이었다. 처음 빌크의 눈을 본 순간, 걸 38은 알았다. 빌크의 눈에는 어둠보다 더 많은 빛이 있다는 걸. 그리고 중요한 건 그것뿐이라는 걸. 걸 38은 가장 눈에 띄는 큰 사과를 잘라서 새로운 친구에게 반쪽을 건넸다. 둘은 함께 사과를 먹으며 밝고 눈부신 푸른빛 석양이 행성 U의 지평선 너머로 사라지는 모습을 바라보았다.

친구를 찾아가는 여정

초등학교 시절 전학을 한 일이 있습니다. 새 학교에 간 첫날, 낯선 교실 앞에 서 있던 기억이 아직도 생생합니다. 떨리는 목소리로 자기소개를 마치고 선생님이 정해 준 자리에 앉았는데 바로 다음 날이 봄 소풍이라는 말을 듣고 얼마나 당황했던지요.

이야기 속 캣의 반에도 줄리어스가 전학을 옵니다. 잔뜩 겁을 먹었던 저와는 달리 줄리어스는 어색하지도 않은지 자연스럽게 말도 잘합니다. 미처 학교 체육복을 준비하지 못해서 다소 우스꽝스러운 차림을 하고도 아무렇지 않게 장난을 치지요. 그런데 전학 온 첫날부터 튀는 모습이 거슬렸는지 캣의 단짝 친구인 젬의 타깃이 되고 맙니다.

젬은 줄리어스를 골려 주기로 합니다. 그리고 그런 일을 주도하는 아이들이 으레 그렇듯 자기 손에는 피 한 방울 묻히지 않고 모든 걸 캣에게 떠넘기지요. 오랜 시간 젬과 일방적인 친구 관계에 놓여 있던 캣은 거절하지 못하고요.

 죄책감과 자괴감에 시달리던 캣은 우연히 옆집 아니아 할머니를 도우며 놀라운 이야기를 듣습니다. 할머니가 십 대 시절을 보내던 어느 날, 제2차세계대전이 일어납니다. 나치 독일은 유대인이란 이유만으로 할머니의 친구 밀라를 수용소로 끌고 갔고요. 그리고 들려 오는 소문은 무시무시합니다. 아니아 할머니는 친구를 구하기 위해 험난한 여정을 시작하지요. 달리는 기차에서 뛰어내리고, 한겨울 깜깜한 새벽에 독일군의 눈을 피해 수용소를 찾아 나서고, 수용소까지 연결된 지하 하수구를 통과합니다. 공포와 두려움뿐인 상황에서 아니아와 친구 밀라는 꿈속에서도 서로에게 모스 부호를 보내며 끝까지 희망을 잃지 않습니다. 그리고 끝내 다시 만나게 되지요. 할머니의 이야기를 들으며 캣은 자신과 젬의 관계에 대해 깊이 생각합니다. 그리고 용기를 내야 할 때라는 걸 알게 되지요.

 다시 제 이야기로 돌아가자면, 다음 날 소풍 장소에서 어쩔 줄 모르고 서 있던 제게 세 명의 친구들이 다가왔어요. 저는 그 친구들과 같은 돗자리에 앉아 김밥을 먹었지요. 제가 가져간 과자를 나누어 주었던 것도 같아요.

 우리는 전학생, 이주민, 유대인, 아시아인, 흑인, 백인 등

자신과 다른 사람들과 함께 살아가고 있어요. 다 함께 어울려 지내는 법을 배워 가면서요. 다른 사람을 향해 베푼 다정한 마음은 나를 향한 다정한 마음으로 돌아옵니다. 그리고 그런 다정함이 어둠 속 빛처럼 우리를 지켜 줄 거예요.

장혜진

모스 부호가 깜빡이던 밤

펴낸날 | 초판 1쇄 2022년 5월 25일

글 | 이와 조지프코비치   옮김 | 장혜진
편집 | 곽미영   디자인 | designforme

펴낸곳 | 봄의정원   등록 | 제2013-000189호
주소 | 03935 서울시 마포구 월드컵북로 260, 31-309(성산동)
전화 | 02-337-5446   팩스 | 0505-115-5446
이메일 | eunok9@hanmail.net

ISBN 979-11-6634-025-3 43840